東京
スターオブライフ

中澤真弓
NAKAZAWA MAYUMI

幻冬舎MC

東京スターオブライフ

目次

プロローグ

二月。

「コン、コン」

大学の研究室のドアをノックする音が聴こえる。

「はい、どうぞ」

ドアを開けると、不安そうな顔をした学生が立っている。

「先生、ゼミの相談に来ました」

「どうぞ、ここに座って」

私は、お世辞にも整理整頓されているとはいえない研究室の角テーブルに学生を招き入れる。

「先生、私は消防機関で働く救急救命士を目指しています。それで、消防の救急隊で現場経験のある先生のゼミに入りたいと思うのですが」

「そう？　卒業研究のテーマは、どのような課題を考えているの？」

「いや、正直言って、何も思い浮かばないです。でも、今月中にゼミの担当教員を決めないと、履修ができなくなっちゃうんです」

「確かに、私は救急隊の現場経験があるけど、だからといって、それだけで大切な卒業研究の指導教員を決めるのは良くないよ。卒業研究の指導をお願いするなら、自分が研究してみたい分野を専門にしている先生に指導してもらった方がいいと思うよ」

「卒業研究のテーマ、先生が研究されている『救急業務の現状と課題』のこと、もっと知りたいですし、考えてみたいんですけど、自分たち学生は現場のことがよくわからないから、あんまりピンとこないんですよ」


私は、学生に一冊の本を渡す。

「まずは、これを読んでみて」

「『東京スターオブライフ』ですか？」

「うん。君たちのような、『救急現場に興味があるけど、実際はよくわからない』っていう悩める学生に、少しでも現場の様子をわかってもらいたいなあと思って、書いてみたの」

「参考書ですか？」

「参考書だと思って読むと、物足りないかも。最新の医学的知見が書いてあるわけでもないし」

「小説ですか？」

「小説だと思って読むと、専門用語や説明文が多くて、面白くないかも。それに、各章ごとに私の思いをコラムにして書いているし」

「エッセイですか？」

「エッセイって言うほど、感想を述べているわけでもない」

学生は不思議そうに、その本を手に取った。

「いのちの現場で、一生懸命、頑張っている人たちがいるんだっていうことを、もっとみんなに伝えたい。ただ、それだけの本です」

わが国では、怪我人や急病人が発生しても、一一九番に通報すれば救急隊が来てくれます。

危機に瀕している傷病者にとって、救急隊はまさにヒーロー、正義の味方。

そんな彼らの、ドラマティックでちょっぴり切ない毎日を、ちょっとのぞいてみましょうか。

本書の小説部分はフィクションであり、実在の組織・団体とは一切関係ありません。

第一章
救急隊員

大交替

グレーの救急服に袖を通し、赤倉舞子《あかくらまいこ》は朝日が差し込むロッカールームの鏡に向かって右手を挙げ、敬礼のポーズをとってみた。

「消防副士長、赤倉舞子は、渋谷三部救急隊員を命ぜられました」

人事異動の初日は、必ず署員の前で申告をする。舞子は、セリフを噛まないように、何度も復唱しながら、右の眉尻にあてた五本の指が揃っているか、ショートカットに切ったばかりの髪がはねていないかチェックした。

四月一日は、東京消防庁の定期人事異動日である。

「おっ、今日から念願の、救急隊員だな。おはよう」

ロッカールームを出たところで声をかけてきたのは、救急隊長の菅平《すがだいら》消防司令補であった。救急一筋二十五年のベテランだ。初めての交替制勤務となる舞子は、優しそうな隊長で良かった……と安堵した。少し顔をしかめたような笑顔が、昔飼っていたパグ犬にも似ている。

「隊長、予防課から配置換えになった赤倉です。今日から、お世話になります」

舞子は新しく上司となる菅平に頭を下げた。顔を上げると、同じグレーの救急服の菅平の名札が目に入った。左胸に濃紺の刺繍で刻まれた「救急救命士」の文字が、ボロボロに擦り切れている。

「おはようございまーす。お、新入りだな。よろしく」

事務室に入ると、次に現れたのは、救急機関員の岩原《いわはら》消防士長だ。四十代とは思えない鍛え上げられた肉体は、特別救助隊員として救助の最前線で活躍していたという経歴を実証していた。

救急隊は、救急隊長、救急隊員、そして救急車の運転や整備を担当する救急機関員の三名一組で編成されている。

二十五歳の舞子は、大学で救急救命士の免許を取り、東京消防庁に入庁した。資格があるからといってすぐに救急車に乗って勤務するわけではなく、まずは予防課で火災予防の仕事と消防官としての基本業務を覚えた。そして、この四月にようやく、念願の救急隊に配属されることになった。

今日は、その第一日目である。

「今日から新メンバーだからな。五分前には、車庫前に並んでおけよ」

菅平は舞子と岩原に指示を出し、事務室を先に出た。

現在、午前八時二〇分。あと十分で、新しい仲間と、救急隊員としての仕事が始まる。


消防の仕事は、市民の生命、身体、財産を守ることである。とはいえ、救急や救助、消火活動だけでなく、その業務は多岐にわたる。火災予防や危険物の取扱いなどの専門的な業務のみならず、民間の会社と同じように、人事や経理などの部署もある。

消防は基本的には市町村単位で行われている。その中でも東京消防庁は特殊で、二十三区のほか、多摩地区の市町村からも消防業務を委託されているため、職員数は一万八千人を超える大所帯である。本庁や、地域ごとに分かれている方面本部のほか、約八十の消防署と約二〇〇の出張所が管轄地域を守っている。消防署や出張所には、ポンプ車やはしご車、救助工作車、救急車などの消防車が配置されている。


午前八時三〇分は、消防官たちの勤務がスタートする時間だ。

隊員たちが車庫前に整列し、前日の勤務者から申し送りを受ける「大交替」が始まる。

現場に出る消防官には階級がある。下から順に、消防士・消防副士長・消防士長・消防司令補・消防司令と続いていく。通常、現場に出ていくのはこのあたりまでとなっている。消防士長以下は「隊員」、消防司令補が「ポンプ隊長」「救急隊長」「はしご隊長」などの車長と言われる階級である。その部隊をまとめているのが、消防司令の階級を持つ「大隊長」、つまり、当直勤務の責任者だ。その上の消防司令長以上は、消防署の幹部として署内の幹部席でどっしりと構えている。

当直勤務がスタートする大交替では、消防士長の階級にある隊員が、前日の勤務者からの連絡事項を本日の勤務者に伝え、本日の業務を確認する。

「四月一日、二部から三部への申し送りを始めます。昨日は、火災なし、救助活動一件、ドア施錠中の内部急病人。それから危険排除一件。内容は事故車両からの油の流出。油処理剤で対応。救急は十件九名、不搬送の内訳は本人拒否」

前日の災害状況が共有される。消防活動は、火災の消火だけでない。火災報知機のベルの鳴動を確認に行ったり、既に関係者によって消火済みの火災の調査に行ったり、実に様々な活動がある。災害対応以外にも、建物の消防用設備の査察や、市民の防災指導などの災害を未然に防ぐための仕事もある。

「それから、本日は定期人事異動だ。ウチの部には、三月いっぱいで定年退職した救急隊員の石打さんの補完で、予防課から救急隊員が一名配置になった。赤倉副士長、前に出て、申告するように」

当直の消防士長に促され、舞子は前に出た。

「相互に、敬礼」

当直士長の号令で、一同が右手を右眉付近に挙げる。

「申告いたします。消防副士長……」

『ピー、ピー、ピー。ピーポー。救急入電中』

舞子が申告のセリフを口にしたのと同時に、救急出場の予告指令が署内に流れた。

今、本庁の災害救急情報センターで一一九番通報を受けており、間もなく救急隊に出場指令がかけられるという予告である。

「さっそく、来たな。行くぞ」

菅平が、舞子を救急車へ促す。救急機関員の岩原は、通信室に向かい、自分専用の地図を開いている。

「渋谷救急出場。渋谷区渋谷二丁目、ＪＲ渋谷駅、急病人。二十代女性、手足がしびれて動けないもの。救急隊は駅東口に向かってください。駅員の案内があります」

拡声器から、指令管制員の声が流れてきた。

「この時間の駅か。過換気症候群《ハイパーベンチレーション》かな」

ベテランの菅平には、時間と場所と傷病者の年齢性別で、だいたいどんな病気かケガか、想像が出来てしまうらしい。


菅平の予想どおり、通勤途中の若い女性が、満員電車の中で呼吸がハアハアと荒くなったもので、救急隊が到着したときには傷病者は駅員室で泣きながら待っていた。過換気症候群は若い女性に多い疾患で、精神的な不安や興奮から発症してしまう場合が多い。命にかかわる病気ではないため、救命救急センターではなく、地域の救急病院、いわゆる二次病院に搬送する。


救急活動記録票に医師のサインをもらった菅平が、救急車に戻ってきた。

「どうした、新人。浮かない顔して。記念すべき、初出場だ。まずは、乾杯しよう」

菅平は感染防止衣のポケットから、缶コーヒーを三本取り出し、舞子と岩原に手渡した。

「乾杯ー。今日からよろしくー」

救急隊三人、病院の駐車場で、救急車のカーテンを閉めて、苦いブラックコーヒーの缶を開ける。新メンバーに変わった時の、救急隊の恒例行事だ。

「大学では、気管挿管とか薬剤投与とか、心肺停止状態の人に対する救命処置をいっぱい勉強してきたので……なんか、拍子抜けしてしまいました」

舞子は初出場の感想を述べた。

現実的に、救急車を呼ぶ人の約半数が、軽症の傷病者である。日本では、救急車は無料で、一一九番に電話をかければいつでも呼ぶことができる。

「まあ、軽く済んだってことは、本人にとっても家族にも良かったわけだから、いいんじゃないの？」

菅平は軽症傷病者の搬送も、「いつも通り」といった感じだ。

「……そうですよね」

舞子も苦笑いした。しかし、軽症の人ばかり救急車を使っていたら、救急車が出払ってしまって、本当に命の危機に瀕している人が使えなくなってしまう。

その日は、午前中四件、何とか昼食の弁当を掻き込み、午後はさらに五件も出場した。繁華街を管轄する消防署の救急隊は忙しい。

午後八時。事務的なデータ入力作業や資器材の整備も、ずいぶん溜まってしまった。しかし、二十四時間勤務はまだ半分が過ぎたばかりだ。とりあえず、食事当番が作ってくれた夕飯をいただいてから、事務処理を片付けよう。舞子は消防署内の食堂に向かった。

食堂では、先に菅平と岩原が夕食のカレーを食べ始めていた。この時間に食事をしているのは救急隊だけだ。たいていの署員は夕方六時前に夕食を食べている。市民が夕飯の支度をする時間に火災が多かったことから、昔からの慣習で早めの夕食をとっているのだ。

舞子が食堂でカレーをご飯にかけたと同時に、予告指令が流れた。

『ピー、ピー、ピー、救急出場……』

「勘弁してよー。もう十件目」

体力自慢の岩原も、さすがにボヤキながら地図を抱えて運転席に乗り込む。

「お疲れさん。行ってらっしゃーい」

受付勤務の署員が車庫のシャッターをガラガラと開け、通行人を止める。

結局、次に署に帰ってきたのは深夜〇時だった。異動初日、まだみんなに挨拶もしていない。ロッカーの荷物整理もしていない。
食堂の隅に救急隊三人分の食べかけの夕食が、ラップをかけられて置いてある。鍋に入った味噌汁から湯気が出ている。無線交信を聴いていた誰かが、救急隊が戻ってくることに気付いて温めておいてくれたのだろう。交替まで、あと八時間。何も起こらないわけがない……。

消防の任務は、消防組織法という法律で「国民の生命、身体及び財産を火災から保護するとともに、水火災又は地震等の災害を防除し、及びこれらの災害による被害を軽減するほか、災害等による傷病者の搬送を適切に行うこと」と定められています。全国では六万人以上の救急隊員が、年間六百万件を超える救急要請に対応しています。しかし、そのうち約五割は、医師の診断の結果、入院を要しない「軽症」の傷病者なのです。そして、明らかに軽症であるにもかかわらず救急要請をする人も多いことから、近年は救急車の適正利用を促すため、救急車を呼ぶかどうか迷ったら相談できるシステムなどを各地で取り入れています。

消防署の事務室
署長室
署長
(署隊長)
課長(副署隊長)
応接セット
係長
(大隊長)
主任(隊長)
係員
(隊員・機関員)

心肺蘇生

「指示要請。八十九歳男性、自宅居室でＣＰＡ（Cardiopulmonary Arrest：心肺停止）。既往症は高血圧、かかりつけは近所のクリニック。心電図はＰＥＡ（Pulseless Electrical Activity：無脈性電気活動）。家族はいませんが、自宅で倒れているところをヘルパーが発見しました。特定行為、いかが」

「家族はいない？……特定行為はしなくていい。ＣＰＲ（Cardiopulmonary Resuscitation：心肺蘇生）だけ継続して、二次病院に搬送しろ」

「えっ……。ＣＰＲのみ継続で、二次搬送、ですね」

高度な救命処置ができる救命救急センターに搬送しないってことは、死亡確認か……。

舞子は、受話器の向こうの医師の言葉を復唱し、電話を切った。

救急救命士は、気管挿管や薬剤投与などの高度な救命処置、いわゆる「特定行為」を行う際、医師の具体的な指示が必要になる。携帯電話や無線機で、指令室に待機している救急隊指導医に状況を伝え、医師の了承を得てから医療行為を行う。

「隊長、医師の指示は、特定行為を行わずに二次搬送です」

「よし、わかった。搬送に移行するぞ。ポンプ隊長、CPRを中断して、布担架でストレッチャーまで搬送だ。岩原士長は救急車からストレッチャー降ろしておいて」

ここは、木造アパートの二階居室。菅平が、バッグ・バルブ・マスクという器具を傷病者の口にあてて人工呼吸をしながら指示を出す。

「胸骨圧迫、交替します」

舞子は傷病者の胸に正対し、両手の付け根を胸の真ん中に置いた。
一、二、三、四、五……。
ヘルメットを伝って汗が落ちる。まだ五月とはいえ、昼下がりのこの時間は、もう夏も近いことを気づかせるほど気温が上がっている。

散らかった総菜の容器と、排泄物の臭い。窓を閉め切った部屋の中は、お世辞にも快適とは言えない。この人、いつから動けなくなっていたんだろう。


「ご苦労さん」

病院の駐車場で心電図モニターの記録紙を補充していた舞子に、医師引継ぎを終えた菅平が声を掛け、感染防止衣のポケットから缶コーヒーを取り出した。舞子が救急隊員になって約一ヶ月。重症事案や、長時間の救急活動になった時、菅平はどこからか缶コーヒーをポケットにしのばせて戻ってくる。それは、「糖分のとり過ぎにならないように」という菅平の方針で、苦いブラックコーヒーと決まっていた。

「死亡確認、立ち会ったのは初めてだったっけ?」

「はい……」

舞子はさっきの光景を思い出していた。

舞子たちが搬送してきた高齢男性の傷病者は、病院の初療室に入ったところで医師から心肺蘇生の中止が指示された。引継ぎ医師が、心電図のフラットなラインなど死の徴候を確認し、死亡確認の宣言をする。

「十五時三十分、ご臨終です」

付き添いとして救急車に同乗してきたヘルパーと、救急隊三人はそっと手を合わせた。

「隊長、所轄の警察が到着したみたいなんで、時系列を申し送ってきます」

岩原が時間経過の書かれたメモを持って、警察のライトバンに向かっていった。この傷病者は、どうして亡くなったのかわからないから、警察に引き継いで死体検案を受けることになってしまうのだ。

「隊長は……。悔しくないんですか」

「悔しいって、何が」

「さっき、指示要請したとき、指導医から特定行為はしなくていいって言われましたけど……。現場では、心電図も完全な心静止ではなかったし、アドレナリン投与したら助かったかもって、思ったんです。家族がいないからとか、高齢だからとかで、特定行為するとかしないとか、なんか納得いかないんです」

菅平は困ったように首を傾けて、ますますパグ犬のような顔になった。

「伝統の一戦？　岩原さん、なんですか、それ」

「巨人、阪神戦。東京ドームに行くんだよ。今日はデーゲームだよ」

「はあ」

非番の正午。今日の当番勤務者と交替してからも、救急活動記録票の整理に時間がかかり、こんな時間になってしまった。そして、今でも、舞子の手のひらの付け根……手掌基部には、胸骨圧迫の感触があった。それにしても……死亡確認をするために病院に運ぶのが、救急救命士の使命なのだろうか。

人が真剣に救急救命のことを考えているのに、これからプロ野球観戦に行こうなんて、岩原は呑気なものだ。しかも、菅平も行くとのことで、舞子も一緒に野球観戦に行くことになってしまった。先輩の誘いは断りにくい。


「え、チケットがあるわけじゃないんですか」

「そう。行きあたりばったりで、行きたいときに行くのがうちらのやり方なの」

「さ、入ろう」

ライトスタンドの外野、当日入場券を買って、立ち見エリアに入った。

「全然、見えないじゃないですかー」

「いいのよ。雰囲気だけで。ただ、東京ドームで一杯飲みたかっただけ」

菅平が売り子を呼び止め、ビールを三人分買い、舞子と岩原に渡した。

「さあ、明日も当番だ。この一杯だけ飲んだら、帰るぞ」

「ええっ。何のために来たんですか」

舞子には訳がわからない。

「ほら、昨日の事案で、なんか、おまえガチガチな感じだったから……」

岩原がグラウンドを見ながら静かに言った。

「救急隊の使命とか運命とか、よくわからないけど、そんなのすべて背負っていたら参っちゃうんじゃないのかな」

そうか。これは、デフュージングなのだ。救急隊員が凄惨な現場や人の生死にかかわるような場面に遭遇した場合、心に傷を残してしまう可能性がある。それを防ぐために、仲間同士で現場での思いを吐露し、ストレスをためないようにする。昨日の死亡確認事案で気持ちが沈んでいた新人の舞子を心配した菅平と岩原が、わざと気分転換に連れてきたのだ。

「あ、勘違いしないでもらいたいんだけど、俺らは救急活動に全力も尽くしているし、一生懸命やってるよ」

岩原は既にビールのカップを半分まで空けて、頬が赤くなっている。

伝統の一戦、七回裏の攻撃が始まる。読売巨人軍応援歌「闘魂こめて」が流れ始めた。

「いま、ここにいる約五万人の大観衆のうち、何人が『自分が死ぬとき』『家族が死ぬとき』のことを真剣に考えているんだろうねえ」

菅平の声は、大観衆の歓声のなかでも、舞子の耳にはっきりと聞こえた。

「いざ、心臓が止まってから……初めてその家を訪れた救急隊が、現場で感じる雰囲気っていうか、第六感というか洞察というか……。規則やプロトコールにすべてがあてはまるものじゃないから、難しいし、やりがいもある。今、バッターボックスに立っている若き四番バッターの彼も、プロにしかわからない現場学があるんだろうね」


「お義父さんはいま、呼吸も脈拍も感じられない状態です。私は、救急救命士です。今から医師の指示を受け、口の中にチューブを通して空気の通り道を作ったり、腕から点滴をとって、心臓を動かすための薬を入れたりしたいと思います。よろしいですね?」

菅平が、第一発見者である傷病者の息子の嫁に説明している。目の前では、活動支援に来ているポンプ隊員が傷病者に胸骨圧迫をしている。

……二十八、二十九、三十。舞子は、胸骨圧迫が三十回を数えた時点で右手に持った人工呼吸器のバッグを握り、傷病者の胸が膨らむまで、空気を入れる。

傷病者は、八十歳男性。自宅居室で意識がなくなっているのを、朝、起こしに来た息子の嫁が発見。最後に会話をしたのは、昨日の晩だという。先日は八十九歳のＣＰＡ傷病者を扱ったばかりだというのに、二当番連続で、高齢者の心肺停止の事案か。

「はあ……。義父は、もう長年、脳梗塞の後遺症でほとんど寝たきりですし……もう、治療はしなくていいと思いますが……」

「何か、ご本人が、そのような意思を書面で残されたりしていますか？」

「そういうものは無いんですけど……ちょっと、主人に電話していいかしら」

家族と菅平が救急救命処置を行うかどうか話をしている間も、刻一刻と、時間が過ぎていく。

「では、とにかく病院へ運びましょう」

菅平の指示で、救急車への収容を急ぐことになった。現場では、いつまでも活動方針を議論している時間は無い。心肺停止状態の傷病者は、何もしなければ……先に進まなければ、確実に死んでしまう。

「隊長、いまの傷病者……救命処置をするべきだったんでしょうか」

結局、特定行為といわれる救急救命処置は行わなかったものの、最低限の心肺蘇生、つまり、人工呼吸と胸骨圧迫だけを繰り返し、病院に搬送した。もともと傷病者の心臓が強かったのだろうか。胸骨圧迫に反応して、院内で心拍が再開したとのことであった。しかし、あのとき現場にいた家族は、延命処置を望んでいなかった。

「赤倉くん。あの傷病者は、もう生きなくていいと言っていたか」

「え……」

「もう少ししたら、息子さんが職場から駆け付けるだろう。家族との別れの時間を作ったことにも、少しは誇りをもっていいんじゃないか。その場にいた人が一番近い家族とも限らないし、何より、DNAR(Do Not Attempt Resuscitation:蘇生処置を望まない)指示書があったわけではないんだから、救急隊としては、救命処置をするのが仕事だろう」

「はい、今日は俺からだ」

岩原が、ポケットから缶コーヒーを取り出す。

「ありがとうございます」

重篤な傷病者を搬送したあとに病院の駐車場で飲むブラックコーヒーが、今日は一段と苦かった。

心肺停止状態の傷病者に対し、人工呼吸と胸骨圧迫を行うことを心肺蘇生といいます。救急救命士は、医師の指示の下に、気管挿管や薬剤投与などの高度な救命救急処置を行うことができます。

救急の現場では、心の準備ができていないまま、突然の心停止に陥ってしまった傷病者と遭遇することもあります。時には、ＤＮＡＲの指示書を持っている傷病者もおり、そのような場合は、かかりつけ医と連絡を取り、対処を決めます。救急救命士は、明らかに死亡している場合を除き、死亡確認をすることはできないのです。

不慮の事故や死因が不明のまま亡くなられた傷病者は、警察官に引き継がれ、検死が行われます。そのようなシビアな現場に出場した後は、惨事ストレス対策が重要で、仲間同士で現場での気持ちを共有するデフュージングなどを行います。

紅一点

「はい、では、エプロンをつけて包丁を持って、ネギを刻んでいるポーズをしてください」

消防署の食堂で、雑誌の取材クルーの言うとおりに、舞子は「食事当番」を演じている
……正確にいうと、今日は食事当番であることに間違いないのだが。

「あれ。まだ、取材終わってなかったの?」

救急出場から戻ってきた菅平と岩原が、食堂に入ってきて持参した弁当を広げ、遅めの昼食を食べ始めた。今日は、消防マニア向け雑誌『レスキューファン』の取材だった。女性救急隊員特集を組むからと、本庁の広報課からの依頼で舞子が取材を受けることになった。その間、救急隊を降りることになり、食事当番のシーンを撮影していたのだ。

「水上《みなかみ》、おまえも早く昼メシ食べとけー。すぐ次の出場が入るぞ」

岩原に呼ばれて食堂に入ってきたのは、今日は舞子の代わりに救急隊員として乗務している水上武尊《ほたか》だった。水上は、普段は出張所のポンプ隊員として勤務している「予備救急隊員」だ。背が高く端正な顔立ちで、女性職員に大人気の消防官だ。

「水上さん、本署に補欠に来てもらって、ありがとうございます」

欠員を埋めるために、本署（消防署）と出張所を往来することを「補欠」という。舞子は水上に声をかけたが、水上は軽くうなずいただけで、黙々と弁当を食べ始めた。確か、高卒五年目だったから、二十三歳か。大卒三年目の舞子より年下ではあるが、消防の世界は入った順で先輩後輩が決まるので、舞子は水上に敬語で話している。

水上は、昨年の冬に消防学校で「救急標準課程」研修を終えて、救急隊員の資格を得た。しかし、救急隊員の任命は「救急救命士」の国家資格を持つ隊員が優先される。救急救命士を養成している専門学校や大学を卒業し、資格をもって入庁した職員と異なり、消防官になってから救急救命士の資格を取るには、現場活動の経験を二〇〇〇時間以上または、五年以上積まなければ、免許取得のための研修に行くことはできない。さらに、研修に行けたとしても、七ヶ月にわたる消防学校での長期研修を受けた後、国家試験に合格しなければ、救急救命士の免許は取れない。

大学卒業時に救急救命士の免許を取ってきた舞子のほうが、水上より消防官として後輩であるが、先に「正隊員」、いわゆるレギュラーの隊員に任命された。

「消防署では、こうして交替で食事当番があります。その日の泊まりの勤務の……だいたい、三十人分くらいの食事を作ります。昼は、それぞれ持ってきたお弁当を食べるんですけど、夕食と朝食は、食事当番が作っています」

舞子が食事当番のシステムを記者に説明する。

「赤倉さんも、得意料理とか自慢のレシピとか、あるんですか」

記者のインタビューが続く。

「……赤倉くんの得意料理、ねえ。肉屋に電話して、トンカツ三十枚と千切りキャベツを発注することかな」

「このまえ、『サルでもできる仕事しとけ』って食当班長に言われて、バナナの皮むきだけやってたよな」

「隊長！　岩原士長！」

菅平と岩原には、舞子は料理が苦手であることを見透かされている。いや、本当は食事当番も極めたいのであるが、一日約十件もの救急出場をこなしているのだ。食当はどうしてもおろそかになってしまう。

全国の救急隊員数が約六万人で、うち女性は一三〇〇人だから、女性救急隊員は約二％しかいない。東京など大都市では女性消防官の割合が多いものの、地域によって、女性消防官は一人もいないということもある。そういうわけで、雑誌やテレビの密着取材などを受ける機会も少なくない。

女性消防官は、一九六九年、家庭の主婦の防災指導・相談を主な業務として誕生した。労働基準法の女子労働基準の改正により、深夜業務の制限が撤廃され、救急隊員や機関員の分野に女性が進出したのが一九九四年。まだまだ女性の救急隊員は一般的ではない。背が高く、ショートカットの舞子は、ヘルメットをかぶってマスクを着けて現場に出れば、声を出すまで男性隊員だと思われている場合も多い。

「赤倉さんは、なんで救急隊員になろうと思ったんですか」

次の質問は、お決まりの「志望動機」だ。

「……私、大学で救急救命士の免許を取ったんですけど、正直言って、入学したときは何にも考えていなかったんです」

消防官になろうという者は、幼い頃に怪我や病気で救急隊に助けられたとか、何かとドラマティックなエピソードを持っていることが多い。

「大学のカリキュラムの一環で、アメリカのシアトルで救急医療を勉強するっていう研修があったんです。そのとき、シアトルの救急車に乗務しているパラメディックと呼ばれる人たちが、日本の救急救命士にはできない処置とかもバンバン実施していて『かっこいいなあ』って思ったんです。なんか、タイムマシンで未来に来たみたいな気持ちになって。大学の先生から、シアトルでは心停止傷病者の救命率がすごく高いって聞いて……」

「それで、日本の救急医療システムを改革したい、と？」

「まあ、そんな感じです……」

インタビューに答える舞子をちらりと見て、水上は食堂を出ていこうとした。


「あれ？　今日、水上くん補欠？」

総務課の女性事務員、玉原《たまはら》が署長室の来客の湯呑を片付けに食堂に入ってきた。災害現場に出場する消防吏員とは違い、事務職員は主事といわれ、署員の福利厚生や経理などの仕事をしている。

「玉原さん、お久しぶりです」

容姿端麗な水上が笑顔で挨拶をすると、玉原も嬉しさを隠し切れない。

「お会いできて嬉しいわ」

水上は見るからに「好青年」オーラが漂っている。四十代の玉原主事は、すっかり水上青年のファンになっていた。玉原だけでなく、年に一回開催される消防署対抗の剣道大会では、水上は女性職員や出入りの保険屋の黄色い声援を浴びている。出張所では食事当番の腕前も評判がいいらしく、出張所員から「料理男子」と呼ばれて重宝されているという噂だった。

舞子は、玉原主事とにこやかに話している水上を見て、自分に対する態度の冷たさを感じていた。

「では、取材はこれで終わりにしましょう、来月号の『救急女子』特集、楽しみだな」

記者が広報課に取材完了の電話を入れ、引き揚げていった。

「料理男子」に「救急女子」……。それだけではない。女医・女性警察官・女弁護士……男とは、女とは、こういうものであるという認識に反する職業に就いているだけで、好奇な目で見られる。

舞子は食事当番用のエプロンを外した。女性だから、特別扱いをされているわけではないと信じている。水上より先に正隊員になったのは、厚生労働大臣が認めた「救急救命士」の免許を持っているからだ。

「あのー、水上さんて、私のこと嫌ってません？」

食事当番の後片付けを終えて事務室に戻ってきた舞子は、救急係のデスクで入力作業を行っていた菅平と岩原に尋ねてみた。当の水上は、体力錬成室で若手の隊員たちと筋トレをやっているらしい。

「何を言い出すかと思ったら……」

「お、さては、あのイケメン料理男子を狙ってんの？」

「いや、そんなことは、まーったくないですけど。なんか、とげとげしいというか……私に対して」

「やっぱり、ライバルなんだろうね」

菅平が救急活動記録票をファイルに挟みながら言った。現在、夜八時。今日の分だけで、もう八件分の活動記録票が束になっている。

「彼はね、小さいころにご両親を交通事故で亡くしたとかで……その時の救急隊員の姿を見て、消防官になったんだったかな。でも、やっと救急隊員の研修を終えて念願の救急隊員になれるかと思ったら、救急救命士の免許持ちの君が配属されてきた」

「しかも、数少ない女性救急隊員として、チヤホヤされている」

「岩原さん、私、チヤホヤなんてされてないですよ……。むしろ、チヤホヤされているのは、水上さんの方だと思いますよ。イケメンとか、料理男子とか言われて」

「いや、周りにはそう見えるってことだよ。水上だって、若いとはいえ、もう何年も救急隊員になりたくて、この前の人事異動を待っていたんだ。面白くないんじゃないの？　それに、水上も、ルックスじゃなくて実力でお前に勝ちたいと思っているはずだ」

　ジェンダー規範。

　舞子は、大学時代の恩師、鹿島瑞穂《かしまみずほ》先生の講義を思い出していた。瑞穂は、東京消防庁の救急隊長として勤務した後、大学教員に転職して救急救命の教育と研究にのり出した、異色の救急救命士だ。男の子はこうである、女の子はこうしなければならないという無意識の意識が職業にも影響し、「消防官は男性の職業である」というイメージが染みついてしまっているからやりにくい。瑞穂はそのような話を聴かせてくれた。

その講義を聴いたとき、舞子はそんな世界を変えていきたいと思った。

救急活動の目的は、傷病者の命を守ること。苦痛を軽減し、悪化を防止すること。そこには男も女もないはずだ。


消防署の朝食は、うどんやお茶漬けなど、どんぶり一杯で掻き込むことができ、ボリュームのあるメニューが多い。名物「消防うどん」は、鶏肉、さつま揚げ、人参、玉ねぎ、大根などを大鍋で煮込んだつゆに味付け卵をトッピングして、別鍋で茹でたうどんを浸して食べる。おなじみの朝食メニューだ。

舞子はうどんのどんぶりを手に取り、先に朝食をとっていた水上の前に座った。

「……水上さん、これから、若手の救急隊員で症例検討会やっていきませんか?」

「症例検討会?」

「はい、救急隊の活動って、隊長たちみたいに沢山経験を積まないとわからないことばかりじゃないですか。でも、仲間で経験を共有できれば、もっと早くに一人前になれるんじゃないかって思うんですよね……」

水上が箸を止めて、一瞬考えた後に続けた。

「確かに、いきなり学会発表とかはハードル高いけど、仲間同士で意見交換とかしたら、いいかもな」

「でしょ。例えば、毎月第一火曜日とか決めて、渋谷署の若手で、出場した事案とか振り返ってみるんです。うちの消防署だけじゃなくて、目黒とか赤坂とか、近隣の救急隊の人にも声かけて」

「……何人か、同期で救急目指している奴がいるから、誘ってみるよ」

水上は舞子の提案に素直に乗ってきた。救急隊の席を争うライバルであっても、もっと深く学びたい、経験がない分を、どうにかして埋めたいという気持ちは同じなのだ。

「そういう、自主勉強会の輪が広がったら……。なんか、サークルっぽくていいな」

「……じゃあ、サークルの名前つけませんか？」

その瞬間、舞子の脳裏には救命救急のシンボルマークが思い浮かんだ。ギリシャ神話に登場する名医が持っていた蛇の巻きついた杖と、「覚知」「通報」「出場」「処置」「搬送」「引継ぎ」の救急隊活動を表す六本の柱でできた図柄は、「命の星《スターオブライフ》」と言われている。

「『東京スターオブライフ』って、どうですか？」

そのとき、『ピー、ピー、ピー』と救急指令の出場信号が鳴った。

「……交替前、最後の一件。いくぞ」
菅平、岩原、水上の救急隊三名が食べかけのうどんをそのままにして立ち上がった。慌ただしく出ていく救急隊を見送りながら、舞子は三人のうどんのどんぶりから麺だけ取り出し、別の皿に盛ってラップをかけた。こうしておけば、出場から帰ってきたとき麺が伸びていないぶん、少しはマシだろう……。

二十四時間勤務の消防隊員は災害出場に備えるため、常に部隊で行動します。勤務時間中は、個人で勝手に外食や買い物にいくことはできません。交替で食事当番を決め、夕食や朝食を作っている場合が多くあります。数人で十人から三十人くらいまでの食事を作るので、料理上手になる消防職員が多いです。

さて、消防業界は圧倒的に男性多数の職場です。総務省消防庁では女性活躍推進を目指して女性消防官の割合を増やそうという政策を行っていますが、まだまだ珍しくみられることが多い状況です。救急現場で待っている傷病者は男女半々であり、隊員が傷病者の部屋に上がりこむ場面も多いため、著者は女性の救急隊員がもっと増えてほしいと願っています。救急活動はチームで行われます。著者は、救急隊員・救急機関員・救急隊長としての勤務経験の中で「自分が経験不足で未熟だ」と感じた経験は多くありますが、「女性だからできない」と感じたことはありません。むしろ「女性が来てくれてよかった」と言われたことのほうが多く印象に残っています。

ピット・フォール

認知症の高齢男性が、長時間ベッドの柵に腕を挟まれていた。

「では、昨日の夜から、ご主人はずっとこの姿勢だったんですね」

菅平が、傷病者の妻に尋ねる。

「ええ。普段は、夜中に何度もトイレに起きるんですけど……。昨晩は、呼ばれなかったものですから」

「……いいから、早く出してくれよ。今日は、釣りに行くんだよ」

傷病者は七十七歳男性。脳梗塞の後遺症で普段から自力歩行はできない。認知症で意思の疎通も難しいので、介護認定は五段階のうち「要介護四」の認定を受けている。同居の妻の介護がなければ、食事や排泄などの日常生活もできない。

どうやら、リハビリのために使っていたおもちゃの釣り竿をベッドの隙間に落とし、それを拾おうとして、ベッド柵とマットレスの間に腕が挟まり、抜けなくなってしまったらしい。排泄を我慢していたのだろう。オムツから尿臭が漂っている。

「隊長、バイタルは異常ありません」

舞子は、血圧や酸素飽和度の測定結果に異常がないことを菅平に報告した。腕が挟まっているとはいえ、ベッド柵は、ネジをはずせば簡単にはずれそうだ。

「サブストレッチャーで車内収容後、かかりつけ病院へ連絡でよろしいですか」

「……いや。特定行為だ。岩原士長、モニター装着と本部に病院選定依頼。赤倉くんは静脈路確保の準備を」

菅平は、傷病者の妻にこれから行う説明を開始した。

「岩原士長、あの状況で『クラッシュ症候群』ってわかりましたか」

傷病者を救命救急センターに収容後、資器材の整備をしながら舞子は岩原に尋ねた。

「……その可能性は、疑った」

クラッシュ症候群。一九九五年の阪神・淡路大震災で、瓦礫の下敷きになっていた人を救出した直後に容態変化が起こり、多くの人が亡くなった。別名、クラッシュシンドローム、挫滅症候群ともいう。筋肉が圧迫されて生じた物質が血中に流れ、それが原因で心停止をきたすこともあるという。救出前には意識清明なのに、救出後に亡くなってしまうことから「笑顔の死《スマイリングデス》」とも呼ばれている。

十五年前。

「要救助者、発見！」

特別救助隊員として工事現場の崩落事故に出場した岩原は、現場で足場の下敷きになっていた傷病者を発見した。すぐに、マット型のジャッキで重量物を動かして救出しようとした特別救助隊を、一緒に活動していた救急隊長が制止した。

「待て。ドクターカーの要請だ」

「あのときは、救急救命士の静脈路確保が認められていなかったから、現場に医師を呼んで点滴をとってもらってから救出したんだ」

救急車のドアが開き、菅平が医師引継ぎを終えて戻ってきた。感染防止衣のポケットから缶コーヒーを取り出し、舞子と岩原に渡す。

「今の症例、勉強になったかな」

「……はい。クラッシュシンドロームは、震災時の話だと思ってしまっていました」

「赤倉くんは、救急救命士国家試験の状況設定問題、得意か？」

「はい、まあ……」

救急救命士国家試験は、ＡＢＣＤの四種類の問題で構成されている。そのうちＣ問題、Ｄ問題は、現場の状況が記載されている応用タイプの形式だ。

「書き出しはいつも、『六十歳の男性。自宅で腹痛を訴え、家族が救急要請した』というように、年齢や性別から始まり、救急要請に至った経緯が判明しているだろう。でも、実際の現場で重要なのは、それ以前のシーンなんだ」

救急活動の奥深さの一つに、自分たちが活動するフィールドが無限大に広がっているということがある。

「病院の医師は、救急隊が搬送してきた傷病者を診察し、治療を行うが、その舞台は病院だ。初療室や手術室、病室、レントゲン室やＣＴ室、いろいろな場で治療を行っても、基本的に働いている場所は病院や診療所という、自分たちの『城』だ。しかし、救急隊が活動する『現場』というのは、数えきれないほどバラエティに富んでいるんだ」

一般住宅、会社、駅、路上、公園、学校……。それ以外にも、この仕事でなければ足を踏み入れることもなかったような場所で活動することが多々あると、菅平は続けた。

「その『現場』で、傷病者に何が起こっているのか。教科書や試験問題に書いてある想定ばかりではない。それでも、人体の解剖生理と目の前で起こっている病態を結び付けられるようになれば、どんな現場でも対応できるようになるんだ」


「お顔を、イーッってしてみてください」

右の口角が下がっている。

「次に、目をつぶって、手のひらを上に向けて、このまま動かないでください」

左腕が、だらんと下がる。

「『今日は、いい天気ですね』って言ってみてください」

「おうは、いいれんきれすね……」

呂律が回っていない。言語障害だ。

「隊長、CPSS（Cincinnati Prehospital Stroke Scale：シンシナティ病院前脳卒中スケール）で、顔面と上肢の麻痺、言語障害の三項目ともポジティブです。脳外科選定でいいでしょうか」

菅平から返ってきた答えは、舞子の判断とは違ったものであった。

「……いや、血糖測定をしてみよう」

「さっきの、低血糖傷病者の件ですが……」

帰署途上の救急車内で、舞子は後部座席から助手席の菅平に尋ねた。医療機関からの引き揚げ時は、活動を振り返る会話が展開されることが多い。

「糖尿病の既往もなく、手足が麻痺して動けないっていう通報だったので、てっきり脳血管障害かと思いました」

傷病者は六十五歳。自宅で四肢麻痺と言語障害を発症し、救急要請となった。既往歴は特になし。妻が友人と二泊三日の旅行から帰ってきたところ、自宅のリビングで動けなくなっていたという。

血糖測定の結果は四十五㎎／dℓ。低血糖と判断し、現場でブドウ糖溶液の投与を行った。

「傷病者は、完全に奥さんに管理されているんだろうな……」

菅平の目に留まったのは、キッチンに捨てられていた酒の瓶とビールの空き缶だった。

「おそらく三日間、ろくに栄養のあるものも食べずに、奥さんが旅行で留守にしているのをいいことに酒びたりになっていたんだろう」

アルコールか……確かに、アルコール多飲は肝臓の働きを抑制し低血糖になると、教科書にも書いてあった。低血糖により脳のブドウ糖が不足し、脳血管障害と同じ症状が起こることも、大学の講義で教わっていたのに、舞子はそれに気づくことが出来なかった。

「救急現場には、多くの『はまりやすい落とし穴』があるんだよ」

普段はパグ犬のような穏やかな顔つきの菅平も、自分の現場観を語るときは、柴犬のように凛々しく見える。

「……急病か外傷なのか、男か女か、傷病者が何人いるのか、救急現場は行ってみるまでわからないビックリ箱だ。単純な交通事故に見えても、傷病者が何らかの疾患で意識を失って事故を起こしたのか、それとも、事故を起こした衝撃で意識を失っているのか。推測の繰り返しだ。大切なのは、現場の状況をしっかり見ておくことなんだ。その状況を正確に医師に申し送りをしなければ、発症の経過が誰にもわからなくなってしまう」

「さっき、隊長の指示で、台所の状況を確認してきたんだよ」

岩原が運転をしながら会話に参加する。

「機関員は、隊長と隊員が傷病者の観察をしている間に、一歩離れたところから全体を見ることができるからな」

傷病者の病態把握の根底には、菅平と岩原の阿吽の呼吸があったのだ。

「でも……」

菅平が続ける。

「気を付けなくてはいけないのは、現場では自分が全く想定していなかった、知らなかったことが起きている場合があるんだ。例えば、二〇〇〇年代のはじめに、入浴剤とトイレ用洗剤を混ぜて硫化水素自殺を図る方法が話題になっただろう？　実は、そういう報道が出る前に、私も硫化水素の現場に出場したんだ。『なんか、ゆで卵みたいな臭いがするな』くらいにしか思っていなかったけど……今思うと、それが硫化水素ガスの臭いだったんだ。深呼吸していたら死んでいたかもしれないな」

救急隊は、ニュースで話題になる前から、現場に居合わせてしまう。そういえば、一九九五年の地下鉄サリン事件で最初に出場した救急隊は、「駅で急病人」という指令で現場に向かったと消防学校で教わった。事件の全容がわからない段階では、「地下鉄にサリンがまかれて傷病者が多数発生している」なんて、現場で真っ先に到着する救急隊にはわかりようがないのだ。

救急現場学とは、菅平や岩原のように経験と勘を磨かなければ、修得できないのだろうか。救急車には、レントゲンもCTもないし、血液ガス分析装置もない。限られた情報の中で、目の前の傷病者に何が起こっているのか。舞子は救急救命士の資格を持ってはいるが、まだ、菅平や岩原のような「現場の勘」が身についていない。

救急隊員に任命されて四ヶ月が経っていた。もっともっと、現場の経験を積んで、この現場学を極めていこう。そして、現場の経験が少なくても、一件一件の出場をしっかり検証して、一日でも早く隊長たちに追いつきたい。救急車の車窓に見えるいつも通りの二四六号線の渋滞の車列を眺めながら、舞子は誓った。

救急現場では、想定していなかった状況に遭遇してしまうことが多々あります。そのような時は、傷病者だけでなく、周囲の環境や状況の評価を総合的に判断します。先入観に囚われピットフォール（落とし穴）にはまらないようにすることが大切です。

救急救命士法が施行された一九九一年、救急救命士に認められていた「特定行為」といわれる高度な医療処置は、心肺停止の傷病者に対するものだけでした。心肺停止前の傷病者にも特定行為の範囲が広がったのは二〇一四年のことです。クラッシュ症候群やショックなどの心停止前傷病者に対する輸液や、血糖測定とブドウ糖投与が認められるようになった背景に、二〇一二年の「救急救命士三行為実証研究」があります。全国一二九の消防本部（約二三〇〇人の救急救命士）が参画し現場でデータを集めたことにより実現した処置拡大です。救急救命士が現場の学問を自分たちの手で確立していく第一歩となりました。

緊急走行

「赤倉さん、あたし、見ちゃったんだけど……」

消防署の女子更衣室で着替えをしていた舞子に、主事の玉原が話しかけてきた。玉原は、小学生の子供二人をもつ四十代の女性事務員だ。

「ああ、ショックだわ。まさか、赤倉さんが……」

「……あの、何を……見たんでしょうか?」

「……一昨日の日曜日、朝から、渋谷のホテル街を……」

玉原が舞子の左耳に口を近づけてきた。

「水上くんと、二人っきりで……歩いて来るのを、バッチリ見ちゃったのよねえ」


渋谷区円山町から道玄坂にかけての界隈といえば、ラブホテルやクラブなどが林立する「夜の街」だ。確かに、明け方は朝帰りのカップルが何組も歩いている。

「……あの、玉原さん。日曜日は、私たち非番ですよ……変な想像は、やめてください」

日曜日、玉原は子供たちを連れて午前中一番の映画を見に、渋谷に来ていたらしい。

「第一、菅平隊長も一緒でしたよ。警防調査、です」

八月下旬、機関員の岩原が救急救命士養成課程研修に出向した。三月の救急救命士国家試験が終わるまで、消防学校での研修に専念することになる。

代わりに、渋谷三部救急隊の機関員に任命されたのは、これまで出張所のポンプ隊員だった水上である。水上は早く救急隊に配属されたくて、最近、救急機関員研修に行ってきたばかりの新任機関員だ。

ことの起こりは、水上の道路選定が検証会議で付議されたことに始まる。


十日前。

「わかりました。新宿区のT医大救命救急センターに向かいます」

菅平が無線交信で搬送先医療機関名を復唱し、救急車は現場を出発した。日曜日の昼間から……傷病者の二十二歳男性は、何らかの薬物を服用して興奮状態になり、ホテルの窓から飛び降りてしまったらしい。不幸中の幸いで、現場が三階であったため即死は免れたものの、全身を打撲し、特に右腰のあたりをかなり痛がっている。全身を観察すると、右足が左に比べて若干短いように見える。両下肢の長さに差があるのは、骨盤骨折の重要なサインだ。骨盤骨折は、見た目には傷がなくても、体内で大量の出血を起こしていることが多く、一刻も早く救命救急センターで治療を受ける必要がある。

現場は渋谷区道玄坂。南北に走る山手通り、明治通りに挟まれた地域である。西新宿にある搬送先救命救急センターまでの距離は、どちらの幹線道路を選定しても、ほぼ同じ距離だ。水上が選択したのは、救急車のカーナビが示した明治通りを北上するルートだった。

「この時間、原宿や新宿の駅前を通るリスクを全く考えていないな」

救命救急センターに到着し、傷病者を医師に引き継いだあと、いつもは温厚な菅平が水上を叱っていた。現場から救命センターまで、十分足らずで到着する予定が、原宿駅前で仮装イベントが開かれていたため、二十分以上もかかってしまったのだ。いくら、サイレンを鳴らして赤色灯をつけて走る緊急走行とはいえ、大群衆の前では、慎重に進まざるを得ない。

「日曜日の昼間、この地域ではこっちのルートは選ばないほうがいい。……カーナビは、信用するな。ラクをしないで、自分の地図をしっかりと作れ」

「申し訳ありませんでした」

「……それと、今朝、消防係のカウンターに寄ったか」

「いいえ」

「『支障ある行為』の届け出は、毎日必ずチェックしておけよ」

火災予防条例に基づき、道路工事やイベントの開催などで消防車や救急車の通行に支障が出る可能性がある場合は、消防署に届け出る必要がある。管轄区域の道路状況を逐一把握しておくのは、機関員の任務だ。

結局、搬送した傷病者は骨盤骨折の重傷外傷で、観察や判断、処置の内容には問題がなかったが、緊急性があるにもかかわらず時間を要した活動として、本部から「改善策を行うように」と指導が入ったというわけだ。

「それで、非番で警防調査に行っていたんですよ。道幅とか、救急車が通れるか通れないとか、検証していたんです……」

舞子は玉原に説明した。管轄区域の地理や道路状況を把握するため、実際に地域をまわって交通状況や目印になる建物をチェックしていたのだ。地味な作業であるが、管轄区域の地理や建物状況を把握しておくのは重要である。

「あたしはてっきり、あなたたち二人が朝帰りかと……」

二十四時間勤務を明けての朝帰りであることに間違いはない。

「でもいいわねぇ。あのイケメンの水上くんが運転する車にいつも乗せてもらえるなんて。仕事も楽しくなるわね」

「はあ……」

アイドルのように容姿端麗な水上は、女性に人気がある。水上が機関員になってから、救急車で医療機関に行くと、看護師や事務員から差し入れをいただくことが多くなった。これまで、出場の合間に三人分の缶コーヒーを買ってきてくれていた菅平は、病院から引き揚げるたびに、ポケットを缶ジュースや飴やらチョコレートやらで、いっぱいに膨らませてくることが多くなった。「あの救急車の運転手さんに渡してください」と頼まれるという。菅平と舞子は密かに「水上効果」と呼んでいた。

でも、岩原士長の運転のほうが、安心だったな。

舞子は、前任の岩原が機関員を務めていたときは、車両運行について意識したことがなかった。それだけ、救急車の動かし方が自然であったのだろう。

「今日はまた、忙しいですね……」

夕方五時の時点で七件目の出場を終え、帰署途上の救急車内で水上が言った。

「今日、毎月点検の予定だったんですけど」

「次の当番に見送るか」

菅平が答える。毎月点検とは、月に一度行っている車両の点検整備のことで、オイル交換やエンジンの状態の確認、タイヤの空気圧点検などを実施する。機関員の資格を持っていない舞子も、車両洗浄やワックスがけなどを手伝う。機関員は、車両の運行だけでなく、救急車の点検整備も重要な任務のひとつである。

考えてみれば、救急隊員は三交替制でローテーションをしているが、救急車は働きっぱなしだ。きちんと点検整備をしておかないと、いざというときに動けないようでは困ってしまう。

「どうだい、救急機関員の仕事は」

赤信号で停止したタイミングで、菅平が水上に尋ねた。今は一般走行なので、普通の車と同じように信号を守って走行している。

「……隊員で乗っていた時より、はるかに視野が広がったと思います。確か、隊長も機関員の経験があるんでしたよね」

「ああ。救急車の機関員は、すごくやりがいがある仕事だ。ただ運転するだけじゃだめなんだ。傷病者の症状に応じて、急ぐ場面や、安静を優先させる場面、その時々に応じた走行が必要になる。私はよく上司に、『消防総監を乗せているつもりで運転しろ』と言われたものだ。ブレーキのかけ方一つでも『ブレーキをかけた』って気づかれないくらいの運転をしろって」

舞子は後部座席で菅平と水上の会話を聴きながら、運転席の背もたれの後ろに置かれている水上の地図を見た。救急車が通れる道は黄色に、道幅が狭く通れない道は赤に塗られている。救急病院には青い丸印がついていて、搬入口に矢印が書かれている。最近、水上は深夜の仮眠時間を惜しんで自分の地図作りをしていた。そんな同僚を舞子は頼もしく思い始めていた。

菅平も、水上を一人前の機関員に育てようとしている様子で、病院からの帰り道には、よく緊急走行時の経験談を話していた。

「……普段、救急隊は単隊活動が多いけど、火災現場なんかは注意しなくてはいけないよね。あんまり現場に突っ込んでしまうと、あとから来たポンプ車やはしご車に挟まれて、現場を出られなくなってしまう。救急隊には、傷病者の搬送という任務があるからね」

署に戻ると、夕食の支度が出来ていたが、その前に、救急車に積載する資器材の補充をしておかなければならない。予備の酸素マスクやガーゼを抱えて車庫に戻ってきた舞子は、救急車が車庫にないことに気づいた。

消防署の裏庭で、水上が救急車にガソリンを入れていた。消防署では、緊急車両の燃料補給のためにガソリンスタンドを併設している。長時間の災害活動に備えて、燃料は常に満タンの三分の二以上を入れておかなければならないといわれている。たいてい、非番日の朝に燃料補給をするのだが、今日のように出場が多い日は、夕食前には既にガソリンが半分以下になっていた。

「水上さん、燃料補給するなら声かけてくださいよ。新人機関員なんだから、一人で車を動かしたら危ないじゃないですか」

実際、車両を動かすときは、周囲の安全確認のために隊員を車両誘導員として配置しておくのが原則である。

「……赤倉」

舞子に声を掛けられ、水上が振り向いた。夕暮れどきで、白い救急車がオレンジ色に染まっている。

「……正直に、聞かせてほしい」

「な、なんでしょう」

「……岩原士長の運転と、俺の運転は、どう違う？」

「……うーん、では、正直に、言いますとですね……。岩原さんの場合は、ちゃんと救急車のバックドアが建物の入り口に来るように停まってくれるので、すごく活動しやすかったですね。あと、停車するとき、必ずタイヤをまっすぐにしていたから、現場を出発するときにスムーズに発進するんで、余計な振動が無かったですね。あ、あと、車内のエアコンの調整とか、換気とか、隊長が指示しなくても私たちが活動しやすいようにいつの間にか整えてくれていましたし。なんか、安心して乗っていられましたね」

「……そうか……。やっぱり、俺は、まだまだだな。……っていうか、お前、遠慮がないな……」

「だって、正直に言えって言ったじゃないですか。あ、でも、機関員が水上さんになってから、良かったことがあります！……看護師さんからの、差し入れが増えました！」

事務室の窓が開いて、菅平が顔を出した。

「おーい、二人とも、夕飯が出来ているぞ。次のお呼びがかかる前に、自分たちも燃料補給しておけよ」


深夜四時。次の指令が入った。舞子が仮眠を取ろうと寝室に入ったのが二時過ぎだから、二時間も休めていない。

傷病者は五十二歳女性。既往歴に高血圧がある。突然の激しい頭痛で、目が覚めたという。同年代の夫が、心配そうに見守っている。

「バットで殴られたような、痛みでしょうか？」

「……はい、そうです……ウウ」

突然の激しい頭痛で疑わなければならない救急疾患といえば、くも膜下出血である。舞子は、教科書に「突然の、バットで殴られたような激しい頭痛」と書かれていたことを思い出し、そう尋ねた。バットで殴られた経験なんてないだろう、と教科書を読んで思っていたが、本当に傷病者はそう思うのか、と勉強になった。

「よし、脳神経外科で手術《オペ》対応可能な病院を探そう」

菅平の指示で、舞子と水上が病院選定と搬送準備を始める。……傷病者は、都立病院の脳神経外科に収容された。

「救急隊さん、CT見ていく？」

医師に声を掛けられ、菅平と舞子は傷病者を乗せたストレッチャーと一緒に、CT室に向かった。


「……ここ、白いですね」

菅平が医師に声をかける。CTでは、脳の溝の形が白く映っている。CT上の白い部分は高吸収域と呼ばれ、出血の特徴である。

「SAH（Subarachnoid hemorrhage：くも膜下出血）だ」

医師からの答えは、現場の救急隊の判断が正しかったことを裏付けた。

くも膜下出血が疑われる傷病者の搬送で最も重要なことは、再出血の防止である。再出血は発症後二十四時間以内が最も多く、その場合は予後が不良となる。再出血の誘因となる血圧上昇を防ぐため、少しの刺激も許されない。安静搬送が最優先だ。

そういえば……。舞子は、搬送中に全く振動が気にならなかったことを思い出した。今回、再出血を防いだのは、水上の車両運行が功を奏したのに違いない。

菅平と舞子はくも膜下出血が疑われる傷病者への対応について話しながら、病院の自動ドアを出た。駐車場に向かおうとした菅平は、病院の駐車場に停まっている救急車を見て、一瞬立ち止まった。

「もうちょっと、院内で救急活動記録票を書いてから引き揚げようか」

そう舞子に声を掛け、回れ右をして再び院内に入っていった。

明け方、五時。病院の駐車場に停まっている救急車の運転席で、うつらうつらと居眠りをしている水上の姿があった。


救急機関員は、救急隊の一員として傷病者の救護にあたるほか、救急車の運転や整備を担当する隊員のことです。救急車は、道路交通法で定める「緊急自動車」にあたります。赤色灯をつけ、サイレンを鳴らしながら運転する「緊急走行」を行うためには、消防機関で行っている研修を受け、緊急走行の特例といわれる独自のルールを学ぶ必要があります。救急車は車体も大きくなく、「普通自動車」の免許で運転できるのですが、機関員になるための研修を受けるには、普通自動車免許を取得して通算二年以上経過しているという条件が必要です。

「サイレンを消してきてください」などとリクエストする通報者もいるようですが、緊急走行時はサイレンを鳴らし、赤色灯を点灯させなければなりません。「だったらタクシーを呼んでください」という気持ちになってしまうこともあるのです。

救命の連鎖

消防署の九月上旬は忙しい。一九二三年、関東大震災が発生した九月一日は「防災の日」と定められ、その前後は「防災週間」として行事が立て込んでいる。続いて、九月九日の「救急の日」と、その前後の「救急医療週間」がやってくる。防災係と救急係のある警防課では、課員が防災や応急手当の普及イベントにかり出されていた。

「……こんなときに、夏休みを入れる奴の気がしれないですよ」

救急の日のイベントを菅平と二人で開催することになった水上は、舞子の不在に苦言を呈していた。

「いくら夏季休暇の時期だからって、救急係員が救急医療週間に夏休み取りますかね」

「なんだか、シアトルで勉強会があるとか。大学の先生についていくとか言ってたね」

消防署の隊員たちは、災害活動では、ポンプ隊・救急隊・特別救助隊のような部隊に編成されているが、平常時の事務系列は、総務課・警防課・予防課に分かれていた。渋谷三部救急隊は全員が警防課救急係に配属され、隊長の菅平が救急係主任、隊員の舞子と機関員の水上が救急係員となっていた。

ここはショッピングモールのイベント会場である。夕方五時、噴水の前のスペースで、お客さんに心肺蘇生法を体験してもらうというイベントが終わったばかりだ。菅平と水上は、レサシ・アンと呼ばれる心肺蘇生訓練用のマネキンを片付けている。

交替制勤務は二十四時間制だが、三週間に一度、朝から夕方まで勤務する日勤日がやってくる。日勤日は、救急車に乗って勤務する当番日とは違い、部隊編成から外れているので、行事などの出向が可能となる。

「そういえば、この前言っていた、若手救急隊員の勉強会。あれ、まだ続いてるの？」

菅平が水上に尋ねたのは、「東京スターオブライフ」と名付けられた若手の勉強会のことであった。舞子の提案で、水上や、近隣消防署の若手の救急隊員が集まって、月に一度、症例検討会を行っている。

「はい、毎月第一火曜日に、集まろうってなってまして……」

消防官は地方公務員である。地方公務員法には秘密を守る義務が明記されており、救急活動で知りえた情報が公になることはない。しかし、経験の浅い隊員にとって、ほかの隊員の経験を共有して勉強をすることは現場活動能力を上げるために重要だ。正救急隊員の座を舞子と争うライバルである水上も、その点は考えが一致していた。

先月の勉強会は舞子が症例発表をする番だった。しかし、彼女がプレゼンしたのは、遭遇した症例ではなく、大学時代のカリキュラムで行ったという米国シアトルの救急研修の話だった。なんと、シアトルでは病院外での心停止傷病者の約六割が救命されているという。

日本で年間に発生する、病院外での心停止症例数は年間約十二万人。その中には、死亡している状態を発見されたような明らかに助けられない例や、末期癌患者などで予想されていた心停止の例なども入っている。そのうち、実際に救命の可能性が高い「誰かに目撃されていて、しかも、心臓に原因がある心停止」が約二万五千人。一ヶ月後の生存率は十数パーセントである。それと比較しても、シアトルの救急医療システムがいかに先進的なものであるのかわかる。

さらに驚いたのは、パラメディックといわれる、いわゆる救急救命士の資格を持った隊員たちの活動だ。彼らは救急現場で医師のように多くの種類の薬剤を投与していた。それだけでなく、現場で行った医療行為をもとに研究を重ね、自分たちがプロトコール、つまり治療計画書を作っていたのだ。日本では、メディカルコントロールといわれ、医師の主導で現場の活動が決められていくことが多い。

舞子から見せられた動画の中に、シアトルのパラメディックの勉強会の風景があった。半円形の階段教室に、各地からパラメディックが集まってきて、コーヒーを飲みながらリラックスした雰囲気でプレゼンターの発表を聴いていた。会場からは多くの手が挙がり、活発にディスカッションが展開されていた。

水上はこれまで、現場経験では舞子に負けることはないと思っていた。高卒で消防官となり、一年目は消防学校で教育を受けた後、消防署の警防課消防係に配属され、消防活動の基礎を修得した。救急活動についても、「PA連携」と言われる、ポンプ隊と救急隊の連携活動から学んできた。三年目以降は出張所勤務となったが、出張所には専従の「係」がないため、総務や経理の事務から建築物の届け出の受理まで、消防署で行われているひと通りの業務を経験した。順調にいけば、次に救急隊員に選ばれるのは自分だと思っていたが、救急救命士免許を持って入庁してきた舞子の登場により、順番を抜かされた形になった。

大学で、消防の現場を知らない者が救急救命士の勉強をするって、どういうことなんだろう、と水上は思っていた。舞子は、経験と勘に頼らなくても、救急活動を科学的に検証して「救急現場学」を作り上げていくべきだと、勉強会で言っていた。

「あの……もう、終わりでしょうか」

資器材を台車に載せ、片づけを終わらせようとした菅平と水上の前に、幼稚園児くらいの男の子を連れた女性が近づいてきた。


同じ頃、舞子は、米国シアトルのタコマ空港に降り立った。夕方に日本を出発し、九時間のフライトを経て現地時間の午前九時に到着する。中央ターミナルビルのエスカレーターを上がったところで待っていたのは、大学時代の恩師、鹿島瑞穂だった。

「赤倉さん、お久しぶり！　救急隊員になったんだって？」

瑞穂は大学のゼミの指導教授であり、かつては救急隊長として働いていたという、救急救命士の大先輩でもある。

「大学の卒業式以来だから……ほんと、三年ぶり⁉」

瑞穂はそう言った。しかし、昨年の「全国救急隊員シンポジウム」で座長を務めていた瑞穂の姿を舞子は会場で見ていたので、あまり久しぶりという気がしない。確か、「女性救急隊員から見た救急活動の現状と課題」というセッションだった。

シアトル・ダウンタウンのホテルにチェックインすると、二人が向かった先は、シアトル発祥の世界的に有名なコーヒーショップのカフェだった。コーヒーを焙煎する香りが店中に漂っている。

「今回の目的はね」

瑞穂がパソコンを立ち上げ、約一週間のスケジュールを確認する。

「今後、ウチの大学で、社会人の大学院生を受け入れる予定なの。つまり、現役の救急隊員や救急隊長クラスの救急救命士を大学院に入れて、救急現場学を構築していく。そのプロジェクトの中に、シアトル研修を組み込みたいの。そこで、現役救急隊員のあなたから見た感想をレポートさせてほしいの」

「日本の救命率を上げるために、ですよね」

舞子は、いつも講義で瑞穂が言っていたことを思い出し、尋ねた。

「正確に言うと、社会復帰率。そこがゴール」

瑞穂は、舞子より十五歳年上の四十歳。小柄で華奢ではあるが、いつもシャキッとしている。二十歳で東京消防庁に入庁し、救急隊員の経験を積んで救急救命士の資格を取った。救急隊長としても勤務していたが、五年前に突然消防を退職し、大学教員に転職した。当時、女性の隊長は片手で数えられるほど少ない人数しかいなかったから、退職の理由について様々な憶測が飛び交ったという。

「私は、どうしても納得がいかないの」

瑞穂の思いは大学の講義で何度となく聴いていたので、舞子には話の続きがわかっていた。

「日本の救命率……いえ、心停止傷病者の社会復帰率を上げたいっていう話、ですよね？」

「そう。日本は先進国で、心肺蘇生教育も普及している。車の免許を取るときや、中学校や高校でも実施されているし、街中にはたくさんのＡＥＤが備えてある。でも、それをつなぐ仕組みが、まだまだ足りないと思う。やっぱり、日本を世界一、安全安心の国にしたい。私たち救急救命士が、しっかりと現場のデータを分析していかなくてはいけないの」

「それで、先生は研究者の道に転職をしたんでしたよね」

舞子は、大学時代の瑞穂の講義を思い出していた。現場の経験を重ねることはもちろん大切だけど、何も考えずに過ごしてはいけない。現場で学ばせていただいていることを、将来の傷病者のために、一つ一つを振り返って、反省し、分析する。舞子が若手隊員の勉強会を提案したのも、その教えに基づくものであった。

「それで、さっそく明日のスケジュールだけど……」

明日、九月の第一火曜日は、「火曜《チューズデイ》シリーズ」の聴講が計画されていた。毎月、第一火曜日に開催されるキング郡のカンファレンスである。

いつかは、私もここで日本の救急救命士について発表をしたい……。

世界最高峰のパラメディックのカンファレンスに登壇する舞子の夢は、まだ心の内にしまっておいた。


「あなた、一一九番通報をしてください。あなたは、AEDを持ってきてください」

幼い男の子が、水上と一緒に心肺蘇生の練習をしている。男の子から指示を受けた水上が、訓練用のAEDを準備する。二人の様子を見守りながら、菅平が男の子の母親・谷川《たにがわ》雫《しずく》と話している。

「……それで、お父さんは助かったんですね?」

「はい。あのとき、救命の連鎖のすべてがうまくいったと、お医者さんに言われたんです」

雫の父親は、一年前に路上で突然卒倒したらしい。呼吸や脈拍もない状態で、突然の心停止に多い「心室細動」という、心臓が震えるような状態になる不整脈を起こしていた。

幸い、通行人によってすぐに心肺蘇生が実施され、近くにあった交番から警察官が駆け付けてAEDによる電気ショックをしたところ、救急車が来た時には呼吸と脈が回復していたとのことであった。

「それ以来、父はこの子を連れて、あちこちの消防署を見に行くようになって、息子もすっかり消防ファンになってしまって」

雫が目を細めて見た先には、息子の伊吹《いぶき》が小さな手を組み、一、二、三、四……と胸骨圧迫を続けていた。マネキンの硬い胸は、幼稚園児の力では圧迫に必要な深さである五センチも沈んでいなかったが、伊吹の一生懸命な姿に思わず菅平も頬が緩んだ。

「オレンジ服のレスキュー隊や、大きいはしご車の隊員さんじゃなくて、なぜか、救急隊さんのことが大好きになってしまったみたいなんです」

伊吹が母親の元に戻ってきた。

「ママ」

「ぼく、このお兄さんみたいに、かっこいい救急救命士になる！」

伊吹に指を差された水上は、自分の左胸に「救急救命士」の表示がないことを谷川親子に気づかれないように、そっと右手で隠した。

応急手当の普及啓発も、救急隊の重要な任務です。心肺停止の傷病者を救命するためには「救命の連鎖」が重要であるといわれています。心停止の予防、心停止の早期認識と通報、心肺蘇生やＡＥＤなどの一次救命処置、医療機関で行われる二次救命処置の一連の流れが鎖のように繋がることが救命に奏功するといわれています。

米国シアトルで高い救命率を誇るのは、救急車に乗務する「パラメディック」の知識技術の高さだけでなく、市民に対する応急手当の普及や緊急通報を受けて救急車を指令する「ディスパッチ」の教育、消防隊員による緊急度の判断などが効果的に行われているためです。

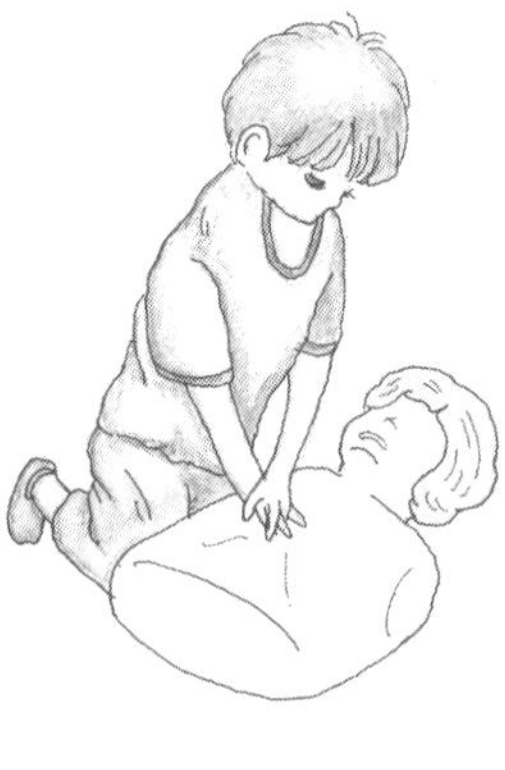

トリアージ

あなたは、爆発事故に最先着した救急隊です。次のうち、誰を一番初めに搬送しますか？

①十五歳女性。意識レベルＪＣＳ一桁。呼吸三〇回／分。手足のしびれ。パニック状態。
②二十歳男性。意識、呼吸なし。
③三十歳女性。意識、呼吸は正常。妊婦。両下肢の骨折で歩行不能。
④四十歳男性。意識レベルＪＣＳ二桁。呼吸、脈拍は正常。命令に応答しない。頭部外傷。
⑤六十歳女性。意識清明、呼吸三〇回／分。橈骨動脈は触れない。激しい腹痛。

机の上に広げられた地図の上に、方面本部の係長が紙の人形を置いていく。

今日は、方面本部が主催する救急巡回指導の日である。東京消防庁では、地域ごとに十の方面に分かれており、舞子が所属する渋谷消防署は、目黒区・世田谷区の消防署と一緒に第三方面に所属していた。方面本部には救急担当の係長が配置され、消防署の救急隊の教育を行っている。今日は、第三方面本部の狭山《さやま》係長が、救急隊指導医の斑尾《まだらお》を連れて、渋谷消防署に「多数傷病者発生事故」の教養に来ていた。救急隊指導医は、普段は救命救急センターで診療を行っているが、月に数日、本庁にある災害救急情報センターに待機して救急隊に指示を出す業務を行っている。

「あなたは、誰を最初に運びますか？」

狭山係長が受講者を次々に指名していく。

「④か⑤だけど……スタート法のトリアージだと、①も赤になっちゃうなあ」

「重症頭部外傷より腹腔内出血のほうが緊急性は高いから、⑤だろう」

「⑤かなあ」

「五人だけだったら、回復の見込みは厳しいけど、衆人環視を考慮して②を先に搬送するっていうのもありかなあ」

救急隊員たちがざわついている。

「はい、いろいろな意見が出たところで……」

狭山係長が解説に入る。

「皆さん、大切なのは、何を根拠に判断をしたかということです。救急隊の数に対して、傷病者の数が多すぎる場合、消防力は劣勢です。その時は、一人ひとりに時間をかけてはいられません。まず、スタート法でトリアージをして……」

スタート法というのは、Simple Triage and Rapid Treatment Triageのことで、救助者に対し傷病者の数が絶対的に多い場合、歩行の可否や呼吸、脈拍など簡便な観察で優先順位を決める判定基準だ。

「……次にPAT《パット》法、つまり、生理学的解剖学的評価法で再評価していきます」

狭山係長はひと通りの解説をした後、さらに尋ねた。

「①から⑤の傷病者、それ以外に、救急隊の活動について考えた人はいますか？」

「ハイッ」

舞子は挙手をして答えた。

「私が再先着の救急隊だったら、どの傷病者も搬送しません。再先着の隊は、最も現場を把握しています。トリアージを行って、後着の救急隊に搬送を任せ、自分たちはこの災害の指揮本部と連携して、現場の救急活動の統括を行わなければなりません」

「……若いのに、よく勉強していますね」

「ありがとうございます」

次に、斑尾医師の講演が行われた。二〇〇五年の福知山線脱線事故の話や、二〇〇八年の秋葉原で起きた殺傷事件、二〇一九年の京都アニメーションの火災などの事例が提示され、トリアージタグの書き方や付け方、評価の方法などが説明された。トリアージとは、処置や搬送の優先順位を客観的な基準で決めていくことで、優先順位の高い順に、赤、黄、緑に色分けしたタグが付けられる。そして、第四順位の黒タグは、心肺停止状態など救命の可能性が最も低い場合に付けなければならない。普段の救急活動においては、心肺停止の傷病者にも全力を尽くして対応しているが、黒タグを付けなければならないということは消防力が劣勢になっている状態で、判断する側にとっても辛い決断となる。

巡回指導が終わり、舞子が狭山係長と斑尾医師を署長室に案内すると、斑尾が尋ねた。

「……君は、救急救命士か?」

「はい。この四月に、救急隊に配属された赤倉です。よろしくお願いします」

「あれだけ大勢の先輩隊員の前で手を挙げて発言するなんて、なかなか、勇気あるなと思ってね」

「ありがとうございます。つい先日、自主勉強会で多数傷病者発生時の対応を確認してみました」

「自主勉強会？」

「はい。私たちは、現場の経験が少ないので。若い救急隊員で月に一回集まって、症例検討をやっているんです」

「……じゃあ、もっと議論してみよう。さっきの演習だと、傷病者は五人だ。厳密にいえば、多数というよりも『複数』の傷病者がいるだけだ。ただ、救急車で適切な処置をして搬送できるのは、重症者では救急車一台につき一名が限界で、複数の救急隊での活動となる。誰かが現場を統括して、統制を取らなければならない」

「統括救急隊ですね」

「そうだ。救急隊は、いつ、そのような現場に遭遇するかわからない。でも、いつでも心構えをしておくことが大切なんだ。……君、階級は？」

「消防副士長です」

「いつか消防司令補になって、救急隊長として現場を統括してみてほしい」

「隊長は、多数傷病者発生事故に出場したことはあるんですか？」

訓練会場の撤収作業を行いながら、舞子は菅平に尋ねた。救急隊としての経験が浅い舞子にとって、数年、いや、十数年に一度遭遇するかわからない多数傷病者発生事故に備え、これらの知識を覚えていられるのか心配だった。

「二〇〇〇年に、日比谷線中目黒駅構内で列車脱線衝突事故が発生しただろう。その時、私は救急機関員として現場に出たんだ」

菅平は六十人以上が死傷した都内の電車事故の記憶を語り始めた。

「あのときは、現場には大勢の傷病者が横たわっていて、本部からは最も緊急性の高い人から搬送しろという指示があった。赤タッグを付けられた人が何人もいて、正直、私にはどの人も優先順位が高いだろうということしかわからなかった」

当時は、今みたいに携帯電話もなく、無線交信もかなり混乱していたらしい。

「……でも、当時の隊長が指揮本部の担当官と話して『この人を搬送する』ってすぐに決めたんだ」

「どうして、その傷病者を選んだんですか?」

「それが、不思議なことに、現場の勘みたいなものらしいんだ。沢山の傷病者が、みんな頭を同じ向きにして、整然と並べられていたから、何人もの赤タッグの傷病者の顔色や雰囲気を一瞬で見比べて、この人が一番先だ、って決めたらしい」

「へえ、すごいですね」

「確かに。そこで『どうしよう』って迷っていたら、その人は助からなかったかもしれないな」

　頭をそろえて整然と並べる……舞子は、消防学校での救急訓練を思い出した。マットの上に、心肺蘇生訓練用人形を同じ向きに並べ、救命処置の訓練を実施した。数十人の初任学生が訓練をするので、人形の数も数十体ある。その際、教官から「全員が傷病者の頭の位置を揃えろ」と何度も注意されていた。そういう、普段からの習慣が、多数傷病者発生時の活動にも役立っているのかもしれない。

「救命できたんですか？　その傷病者」

「そう。多発外傷を負っていたけど、病院で治療を受けて回復された。数ヶ月後、消防署にお礼の手紙が来たんだ。驚いたけど、嬉しかったなあ」

　救命した傷病者からお礼の手紙を受け取る。救急隊にとって、これほど嬉しいことはない。

「よかったですね」

「いや、いいことばかりじゃなくてね……。実は、その時、初めて経験する大規模な災害現場で、つい、救急車を運転する手が震えてしまったんだ。すっかり舞い上がっていて、朝の通勤時間帯だったのに、つい、混んでいる道路を選んでしまって、後から隊長に叱られたよ」

そういう経験があるから、水上の道路選定にも厳しいのかと舞子は納得した。

乗用車が歩行者二名をはねた交通事故現場で、菅平の指示が飛ぶ。

「赤倉くん、傷病者の数の確認と、大まかな程度の把握。水上くん、事故車両の安全確認と、本部に応援要請」

「了解」

現場は、住宅街の交差点。三十代の女性が、三歳の女児を連れて公園に行こうと歩いていたところ、一時停止を無視して飛び出してきた乗用車にはねられた。乗用車の運転手は二十代の男性。

「隊長、傷者は三名。一名は乗用車の運転手、二十代男性。親子をはねた後、電柱にぶつかって停止したようです。フロントガラスが割れて、頭部から出血して、意識障害があります。意識レベルはＪＣＳ三桁。呼気にアルコール臭があり、飲酒運転の可能性があります。もう一人は三十代女性。乗用車にはねられて、右下腿の打撲です。意識は清明です。三歳の子供は、母親が庇ったので、外傷は認められません」

「車両からガソリンなどの漏れはありません。警察官を要請済みです。運転手と、はねられた親子で分散収容のため、救急隊一隊を応援要請しました」

舞子と水上から報告を受け、菅平が判断する。

「よし。では、親子を後着の救急隊に任せて、私たちは運転手を車内に収容しよう」

路上に座り込み、泣いている女児を抱きしめている女性傷病者に舞子は声を掛けた。

「すぐに、別の救急車が来ます！　待っていてください」

救急隊三名は、運転席に座ったまま動かない男性傷病者に向かっていった。

「隊長、今の活動ですが……被害者を後回しにして、加害者への対応、なんか、やるせないですね」

搬送先の病院の駐車場。救急車の運転席で病院の事務員から差し入れてもらった缶コーヒーを飲みながら、水上が菅平に話しかけた。後部座席で資器材の整理をしていた舞子も、作業の手を止めて会話に加わる。

「多数傷病者でなくても、救急隊の活動は、常にトリアージですね。今の交通事故の運転手、意識レベルが悪いから頭部外傷の重症と判断して最初に搬送したけど、結局、飲酒運転のアル中の意識障害だったなんて。オーバートリアージでしたか」

軽症の傷病者を重症と判断することをオーバートリアージ、その逆をアンダートリアージという。

「君たちは、命の重さを判断できるかい？」

菅平が答えた。

「トロッコ問題って知っている？　制御が効かなくなったトロッコが、このまま線路を走り続ければ、線路上で作業している五人を轢いてしまう。でも、分岐で進路を切り替えれば、分岐先の線路で作業をしているのは一人だから、その一人が犠牲になる」

よく、心理学の講義で議論されている話だ。

「五人と一人。五人のほうが人数は多いが、その五人の命を助けるために、別の一人を犠牲にしてもいいのだろうか」

どっちを選んでも、ジレンマが残るという話だ。

「命の選別をする正解はないって話だよ。確かに、さっきの現場は多数傷病者とはいえない。傷者はたった三人だ。社会的にというか、道徳的な考えを持ったら、被害者から優先する方が正しいのかもしれない。でも、私は隊長として、重症度の高いと思われる傷病者を優先した。もしかしたら、トリアージっていうのは『正解はない』のかもしれない。だから、自分の判断が『間違っていない』という根拠が必要だ」

救急隊は、プロトコールと呼ばれる救命処置の手順を示したマニュアルに基づいて活動している。その内容は、急病や外傷などの疾患別の対応、多数傷病者や熱中症、中毒などの環境や状況に応じた対応、さらにはトラブルが発生した場合の対処など、多岐にわたる。マニュアルを覚えるのは大変であるが、その基準が救急隊を助けてくれている。隊長判断は、基準に従ったものであった。

「自分が何を根拠にそう判断したのか、自信をもって言うことが出来なければ、傷病者だけでなく自分も救われないだろう」

菅平の話を、舞子と水上は真剣に聞いていた。

「二人とも、将来隊長になった時は、自分が決めた活動方針が傷病者や家族だけでなく、自分の隊員たちにも影響を与えるということを、肝に銘じて活動しなさい」

トリアージは選別を意味し、救急現場では傷病者の優先順位を決めることを意味します。とりわけ多数傷病者が発生した災害現場では、傷病者の数（需要）が救急医療の供給を上回り、一人でも多くの傷病者を救命することを主眼に活動が展開されます。人の命にかかわることの優先順位を決めるトリアージは、精神的にとても厳しい判断です。だからこそ、客観的な基準が必要となります。

心拍再開

訓練は現場のように、現場は訓練のように。それが、最近の菅平の口癖となっていた。

「まさか、ウチの隊長がこんなに訓練に熱心だとは思わなかったですよ」

消防署の会議室で舞子は水上に話しかけた。

「菅平隊長、ああ見えても、審査会では何度も入賞しているらしいぞ。よし、あと一回、頑張ろう」

救急活動訓練の準備を終えた水上が答えた。

いつも温厚なパグ犬のような顔をした菅平が鬼教官に変貌したのは二週間前。今年度の審査会の想定が発表された日だった。

消防署では、年に一回、救急訓練効果確認、通称「審査会」といわれる救急活動訓練の評価が行われる。消防署内の審査会で選抜された救急隊は、代表として方面の大会に出場し、ほかの消防署の救急隊と、救急活動訓練の完成度を競う。そして、優秀な隊は表彰される。

普段から、一日十件近いペースで現場に出場している救急隊は、出場と活動記録票の記載で精一杯であり、なかなか訓練を行う時間は取れない。しかし、菅平は審査会で勝ち抜くことに並々ならぬ情熱を燃やしており、今日のように一睡もしていない非番でも、「三回は訓練をして帰るぞ」と意気込んでいる。

菅平の訓練指導は、細かいところまで具体的に言及していた。隊員が膝をつく位置やモニターのコードの向き、傷病者に向かう歩幅まで緻密に計算していた。

普段の現場と同じように、臨機応変にやればいいのに……。

睡眠不足と事務処理の停滞で、舞子も水上も疲労の色は隠せないが、四十代のベテラン隊長がこんなに気合が入っているのに二十代の自分たちが疲れたと言い出すことはできなかった。

「準備はできたか？　よし、あと一回、気合を入れていくぞ」

菅平が装備を整え、訓練会場に入ってきた。

一週間後、審査会当日。

本日、消防署では「庁舎開放」が行われていて、一般市民が見学できるようになっていた。救急隊の審査会場にも地域住民が見学に訪れている。その中で、ひときわ目を輝かせて救急隊の活動訓練を見ている男児がいた。以前、ショッピングモールで心肺蘇生体験に参加した五歳の男の子・谷川伊吹と、その母親の雫が審査会を見に来ていた。

菅平「お父さんは、呼吸と脈拍が感じられない、大変危険な状態です。私は、救急救命士です。今から医師の指示を得て、気管にチューブを通して空気の通り道を作ったり、点滴をして心臓を動かすためのお薬を投与したいと思います、よろしいですね？」

家族役「はい、お願いします」

菅平「よし、聞け。活動方針だ。この傷病者は六十歳男性。窒息による心停止。心電図はＰＥＡ（無脈性電気活動）。特定行為で気管挿管とアドレナリンを投与し、救命救急センターに搬送する、いいか？」

赤倉・水上（声を揃えて）「よし!!」

菅平「隊員は指導医に指示要請と静脈路確保、薬剤投与。機関員は気管挿管の補助。私は現場を統括し気管挿管を行う」

赤倉・水上（声を揃えて）「よし!!」
菅平「ポンプ隊長。ポンプ隊で胸骨圧迫と搬送経路の確保を頼む。隊長は、家族への対応と時間経過を記録してください」
ポンプ隊長「了解」
五分経過。
菅平「気管挿管、完了」
赤倉「隊長、静脈路確保後、一回目の薬剤投与が完了しました」
菅平「よし、効果の確認を行え」
赤倉「隊長、心電図波形あり！　脈が触れます」
菅平「よし、再観察を行う。機関員、心電図モニターをプリントアウト。隊員、本部に報告」
赤倉・水上（声を揃えて）「よし!!」
菅平「ご家族の方、いま、お父さんの心臓が動き始めました。このまま人工呼吸を続けて救命センターに搬送します」
係員（ピーッと笛を吹く）「想定、やめ!!」

「終わりましたね」

「お疲れさまでした」

「ご苦労さま」

審査を受け終わった後、菅平、舞子、水上の三人は汗だくになり、消防署の裏庭で缶ジュースを飲みながら休憩を取っていた。

「しかし、水上さんって女性にだけでなく、子供からもモテるんですね」

汗を拭きつつ炭酸飲料を飲みながら、舞子は水上に話題を振った。

三人が飲んでいる缶ジュースは、伊吹からの差し入れだった。「カッコいい救急隊のお兄さんに渡してください」と、受付に届けられていたものだった。もちろん買ったのは母親の雫であろう。

「あの親子、けっこう頻繁に消防署に来ているみたいですね。もしかして、お母さんの方も、子供を使って水上さんに近づこうとしていたりして」

「……今度、ウチの署の救命講習会に参加するって言ってた」

「やっぱり！　結構、本気かもしれないですね」

「さて、そろそろ事務室に戻るか。審査会が終わっても、今日は当番勤務だから、これから仕事がいっぱいあるかと思うと気が抜けないけどね」

誰より厳しい訓練をしてきた菅平が言ったとたんに、

『ピー、ピー、ピー』と指令が流れてきた。

『六十五歳男性、胸痛のもよう』


現場に到着すると、傷病者は自宅の居間でソファーに座っていた。二十分前から、締め付けられるように胸が苦しいと訴え、冷や汗をかいている。傍らでは、妻が心配そうに付き添っている。意識清明、呼吸は浅く速い、脈拍は不整。心電図上にＳＴ上昇が見られる。心筋梗塞に特徴的な波形だ。

「心筋梗塞が疑われる。ＣＣＵ（Coronary Care Unit：心臓血管疾患集中治療室）に搬送しよう！」

菅平の指示の下、救急隊は傷病者に酸素吸入をしながら安静に搬送を開始する。

「容態変化！」

救急車内に収容したところで、菅平が声を上げた。携帯用の酸素ボンベを救急車に積載されている酸素に切り替えていた舞子は心電図モニターを確認した。心停止の波形だ。運転席に乗ろうとしていた水上も、後部座席に戻る。

先ほどまで、傷病者の意識ははっきりしていたが、現場到着時は意識のあった傷病者が、救急隊の目前で心停止になる場合もある。心疾患が疑われる場合は、なおさらだ。

傷病者は、心肺停止状態になっていた。直ちに菅平が付き添いの妻に説明する。

「ご主人は、呼吸と脈拍が感じられない、大変危険な状態です。私は、救急救命士です。今から医師の指示を得て、点滴をして心臓を動かすためのお薬を投与したいと思います、よろしいですね？」

舞子と水上は、デジャヴを感じていた。

「活動方針だ。傷病者は目前での心停止。アドレナリンを投与し、救命救急センターに搬送する、いいか？」

「よし！」

菅平の指示に、舞子と水上が声を揃えて応答する。

「赤倉くんは指導医に指示要請と静脈路確保、薬剤投与。水上くんは胸骨圧迫」

「よし‼」

傷病者の右腕に点滴が実施され、アドレナリンという薬剤が投与される。アドレナリンは心停止傷病者に第一選択的に投与する劇薬で、心拍再開を狙う。

ここは救急車内。マンパワーは、救急隊三人しかいない。菅平は人工呼吸を続けながら、妻に説明を繰り返して不安を与えないようにしている。救急救命士の資格を持つ舞子は、救急隊指導医と電話で連絡を取り、点滴や薬剤投与の処置を行う。その間に胸骨圧迫を一人で続けている水上は、さすがに汗が滴っているが、胸骨圧迫の深さとリズムは訓練と同じく正確無比であった。

アドレナリンが投与されて二分後、心電図の波形に変化があった。洞調律といわれる、正常心電図の波形に戻っている。

「回復徴候、心拍再開だ!!」

「水上くん、時間経過の記録！　赤倉くん、モニタープリントアウトと血圧測定!!」

再び菅平の指示が飛ぶ。

「ご苦労さん。二人とも、よく頑張ったよ」

救急活動の引継ぎを行った菅平が救急車に戻ってきた。いつものように、感染防止衣のポケットから缶コーヒーを取り出し、舞子と水上に渡す。救急車内で心拍が再開した傷病者は、じきに意識も戻るだろうと医師から伝えられていた。

「やっぱり、訓練で頑張ったからこそ、現場で実践できるんですね」

舞子の問いかけに、菅平が語りだした。

「そう。訓練でできないことは、現場でもできないと、私は思っている。いくら忙しいからと言って、訓練を疎かにしていいという理由にはならない。……消防学校の救急実習室の黒板には、なんて書いてあったか覚えているか？」

今度は水上が答えた。

「全ては、傷病者のために……」

「そうだ。仕事に疲れた、忙しいというのは、私たちの都合だ。救急隊を待っている傷病者にとっては、命がけの、一生に一度のことかもしれないんだ。だから、忙しくても、大変でも、道に迷いそうなときは『全ては傷病者のために』……その原点に戻るんだ」

消防学校の救急実習室の黒板に大きく書かれている『全ては傷病者のために』というスローガンを思い出した。救急救命士の草創期を築いてきた先人の言葉が、時代を超えて救急隊員に受け継がれている。

「全ては、傷病者のために、ですね」

舞子も復唱した。

「それに、私が救急救命士になったばかりの頃は、除細動でさえ、医師の指示が必要だったんだ」

除細動というのは、心臓に電気的刺激を与える処置で、現在はＡＥＤを用いて一般市民でもできるようになっている。

「心室細動が出ていても、医師の指示を受けなければ電気ショックを与えることが出来なかった。当時は携帯電話もなかったから、医師の指示を受けるために現場で公衆電話を探していうちに、心室細動の震えが小さくなってしまって、除細動ができなくなってしまったこともあるんだよ」

救急救命士法は一九九一年に施行された。当時に比べ、今は処置の範囲も進化してきた。救急救命士にアドレナリン投与が認められたのは二〇〇六年。その二年前には、気管に直接チューブを通して呼吸の通り道を確保する気管挿管が認められている。

「アドレナリンの投与にしても……いくら、アドレナリンが効果的な薬剤だとしても、心臓が止まっている傷病者は自分の力でそれを全身に循環させることはできない。そのために、大切なのは何だ」

　水上が答えた。

「絶え間ない、胸骨圧迫です」

「そう。大切なことは、投与した薬剤を心臓まで送り届けることだ。絶え間ないだけではなく、適切な深さとリズム、そして、一回ごとにしっかりと圧迫の解除をして、次に送り出す血液を心臓に溜めるんだ。それがプロの胸骨圧迫だ。そして、質を落とさないために……」

「二分ごとに交替ですね」

「そうだ。どんなに鍛えた隊員でも、適切に全身全霊を込めた胸骨圧迫をやっていれば、一、二分もすれば疲れが出るといわれている。でも、救急隊三人しかいない現場では、交替要員がいない場合がある。だからこそ、普段から訓練を重ねていないといけないんだ」

　菅平が舞子に言った。

「赤倉くん。君は、アメリカのパラメディックがいくつもの薬剤を使って、すごいと言っていた。でもね、日本の救急救命士も、少しずつではあるが……頑張ってきたからこそ、今があるんだよ」

舞子は、菅平から救急救命士の処置範囲が徐々に拡大してきた歴史を聞いて、先輩が築いてきた歴史の重みを感じた。確かに、シアトルで見たパラメディックの救急救命処置は日本の救急救命士には許可されていない高度な処置が多く、タイムマシンで未来の国に来たかのように錯覚した。いつか、追いつきたいと思うようになった。ただ、日本の救急救命士がどのように誕生して、どう発展してきたのか、もっと深く勉強しなければ、この先の道を作っていくことはできないだろう。新しいことを学ぶのも大切だが、ベテランの隊長と乗っているうちに、様々なことを吸収しておかなくてはいけない。

数日後、審査会の結果が通知された。署の代表に選ばれたのは、出張所の救急隊だった。その隊は、ベテランの隊長・隊員・機関員で、三人とも、現場の百戦錬磨のメンバーであった。

評価では負けた。しかし、この一ヶ月、三人が一生懸命訓練に励んだことは無駄ではなかった。舞子は心からそう思っていた。

消防官が現場で活動するために欠かせないのが「訓練」です。救助隊員は救助訓練を、ポンプ隊員は消火訓練を、救急隊員は救急活動訓練を行うのはもちろんのこと、複数の隊が合同で行う訓練もあります。また、救急救命士が特定行為の訓練を行う、新人の消防隊員がロープの結索訓練を行うというような、個人の訓練もあります。

著者は、「訓練でできないことは現場でもできない」と思っています。訓練と現場は違うという考えの人もいますが、現場というのは想定外のことばかりで、基本に対する応用になります。プロ野球選手だって、素振りやキャッチボールを長年コツコツと積み重ねてようやく試合に出るのと同じように、基本ができていなければ、その応用もできないのは、救急活動も同じです。訓練を本当の現場だと思って取り組めば、現場で想定外のことが起こっても、訓練のように冷静に対処できると思います。

姿勢にこだわる胸骨圧迫

感染症

世間では、新型感染症の世界的流行のニュースが日ごとに増え、初めは遠い国の出来事のように感じていた救急隊の活動も、もはや人ごとではなくなってきた。

「二人とも、出勤したら必ず最初に本庁からの書類を確認しておけよ」

菅平は、部下の舞子と水上に指示をしていた。

消防署では、一日一回、「示達」という時間があり、本庁からの通知の確認や各隊長からの指示、また、全部隊を統括している当務責任者の大隊長からの訓示を受ける。しかし、出場が忙しい救急隊は、示達の時間に不在になることが多かった。

都内では、約二六〇隊もの救急隊が活動している。各隊は、都民に平等なサービスを行うため、統一された活動を行う。普段は、プロトコールに基づいて活動しているのだが、今般の感染症拡大のような非常時には、本庁からの通知が救急隊の活動をコントロールする。

「……今日から、使い捨てタイプの感染防止衣を上下着用ですね」

「救急車の隔壁の準備と、N九五マスクの補充をしておこう」

舞子も水上も、通知されている内容に従い、感染防止対策を行っていた。


救急隊と感染症は、古くから深いかかわりがあった。

そもそも、救急隊が出場する現場で待っている傷病者は、何らかの体調不良で「これから」医療機関にかかる場合がほとんどで、診断を受ける前の状態である。初めから感染症とわかっているケースの方が少ない。過去には、救急隊員が血液との接触でB型肝炎にかかるケースが多かったらしく、現在では国の通知に基づいて、救急隊員の抗原・抗体検査やB型肝炎ワクチンの接種が業務内で実施されている。傷病者を搬送した医療機関で結核の感染が判明し、搬送した救急隊員が臨時に健康診断を受けるケースも少なくない。

今回流行している感染症は、新型インフルエンザの一種であった。インフルエンザの主な感染経路は飛沫感染であり、傷病者の咳やくしゃみで排出されたウイルスから身を守る必要があるため、目を保護するゴーグルや、ウイルスを遮断するマスクをつけ、さらに使い捨ての不織布で作られた感染防止衣のガウンとズボンを身に着けて活動していた。

感染防止対策の強化のため、方面本部の救急担当官である狭山係長が各消防署を巡回し、個人装備の脱着について教養を行っていた。

「暑いですね」

「息苦しいですね」

「息が上がるとゴーグルが曇りますね」

「活動が終わるまで脱ぐことが出来ないなら、トイレとか水分補給はどうすれば？」

現場の救急隊員たちは不安を感じたが、誰もが「やるしかない」というのは理解していた。


三十五歳、一人暮らしの女性。三日前から咳と喉の痛みの症状があり、仕事を休んで自宅で様子を見ていたが、今朝から三十八度の発熱。自分で病院を探して診察を受けようとしたが、あちこちの病院に連絡をしても、診てもらえるところが見つからない。不安が増大し、息苦しくなってきた気がして救急要請。

「……隊長、また断られました。もう十ヵ所目です」

病院への連絡を行っていた水上は携帯電話を切って、菅平に報告した。

「……しかたない、次をあたろう」

都内では搬送先医療機関が決まらない場合、本部や地域の病院とも連携して搬送先を探すルールが出来ているのだが、それでも決まらないものは決まらない。

「……いま、診ていただける病院を探していますからね。もう少し、頑張ってくださいね」

舞子は救急車のストレッチャーに横たわっている傷病者に声を掛けると同時に、バイタルサインを確認する。血圧も酸素飽和度も、問題ない数値だ。ただ……命の危機が迫っている状態ではないからこそ搬送先が決まらない、ということもある。救急病院は、緊急性のある傷病者を受け入れるから「救急病院」なのであって、待つことが可能な傷病者を受け入れている余裕はない。まして、感染症の可能性が高い傷病者を受け入れた場合、その他の診療に影響を及ぼすことになってしまう。

もう、かれこれ、三時間か……。

救急要請があったのが午前十一時。時計は午後の二時を回っていた。当然、昼食もお預けだ。そもそも、換気扇を回しているとはいえ、狭い救急車内で感染症が疑われる傷病者と何時間も一緒にいて大丈夫なんだろうか。舞子は菅平の顔を見たが、マスクとゴーグルで表情はよくわからなかった。

一人の傷病者に何時間もかかっている……いま、この時間にこの地域で、心肺停止や重症の傷病者が発生したら、もっと遠くから救急隊が来なくてはならないし、時間もかかるだろう。それで、傷病者の命が救えるのだろうか？　人間の脳は、心臓が止まると数秒以内に意識を失い、そのまま三分から五分くらい経てば回復不能な脳障害が発生してしまう。心臓が止まってから何もしなければ、一分ごとに蘇生の可能性は七から十パーセントも下がるといわれている。目の前にいる傷病者への対応が大切なのはわかっている。でも、社会全体の仕組みとして、これでいいのだろうか。舞子は感染防止衣の内側に汗が流れるのを感じながら、病院が決まるまでの時間をもどかしく過ごした。

「隊長、N医療センターで受け入れが可能になりました！」

水上の報告に、菅平と舞子、そして傷病者も安堵した。

「よし、すぐに向かおう」

既に出場から四時間が経過していた。

長時間の活動を終え、消防署に戻ってきた救急車は消毒作業が行われていた。搬送した傷病者が感染症かどうか、その場でわかる場合もあれば、判明するまで時間を要する場合もある。たとえ時間を要しても、しっかりと消毒を行い、次の出場に備えなければならない。

車庫で救急車の消毒を行っていた水上に、小さな男の子が呼びかけた。

「救急隊のお兄さん！」

以前から水上のファンである谷川伊吹だ。母親と買い物の帰り道、車庫で作業をしている水上の姿を見つけ、走り寄ってきた。

「アッ！　こっちに来るな‼」

水上が強く制すと、伊吹は声を上げて泣き出した。


消防署の車庫脇のロビーでは、感染防止衣を脱いだ水上が、谷川親子に頭を下げていた。

「さっきは、本当に……申し訳ありませんでした」

感染危険がある状態のところに子供が近づいてきたため、咄嗟に声を荒げてしまった。

水上は感染防止衣を脱いで手指消毒を済ませ、母親に抱き着いて泣いていた伊吹に「ごめんね」と謝った。

「救急隊員のこと、嫌いにならないでください」

「いえ、こちらこそ、お仕事の邪魔をしてしまって、申し訳ありませんでした」

雫は、幼稚園児の伊吹に対しても、感染症の危険と感染防止対策の重要性を一生懸命説明してくれた水上に恐縮した。

「……この子、また、見捨てられたと思ったのかもしれません」

「また？」

「……この子は、父親がいないものですから」

何らかの事情で、シングルマザーになったらしい。水上は特にその理由を聴くことはしなかった。優しい母親がいれば十分だ。それに、怪我や病気で困ったときは、日本では救急隊が助けに行く。

「救急隊は、みんなのヒーローです。怪我人や急病……命の危機に瀕した傷病者が発生したとき、一一九番通報をすれば、日本全国どこにいても、必ず駆け付けます。だから、安心してください」

「……わかりました。ありがとうございます」

「水上さんは……本当にカッコいいですねえ」

消防署二階の事務室に入ってきた水上に、舞子が声を掛ける。

「えっ」

「真面目な顔で『救急隊はヒーローです』とか言っている人、初めて見ました」

「……聞いていたの？」

「はい、バッチリ。さっき、車庫で救急車に資器材の補充をしていましたので、一部始終、見させていただきました。なんか、ドラマみたいでした」

「……オイ。完全に、馬鹿にしてるだろ」

水上は苦笑いを浮かべた後、自席でパソコンを立ち上げながら、自身のエピソードについて語りだした。

「……実は、ウチの両親も、俺が小学生の頃……」

水上が小学校一年生の頃、両親が交通事故で亡くなっていた。田舎に帰省するため山道を走行中、運転していた父親が対向車との衝突を避けようとハンドルを切ったところ、カーブで曲がり切れずに車ががけ下に転落した。

「実際は、その時のことはあまり覚えていないんだけど、一つだけはっきり覚えているシーンがあって。横転した車の中で……真っ暗闇の中で……もうダメかなって、本気で思っていた時に、急に救急隊員のヘッドライトが見えて、手を握ってもらって、毛布でくるんで抱きかかえてもらって……本当に、救急隊員がヒーローに見えたんだ」

「……なかなか、ドラマティックな、重い話ですね……」

舞子はかつて、女性救急隊員特集か何かの雑誌の取材を受けたが、女性だからと何かと注目される自分より、この水上のような人をもっと前面に出してほしいと思った。

「そうですよね。救急隊は、市民のヒーロー。ちょっとくらい辛いことがあっても、頑張らないといけないですよね」

菅平が事務室に入ってきた。

「おーい、夕飯ができてるぞー」

「そういえば、お昼ごはんも食べてなかった！」

同時に、『ピー、ピー、ピー』次の出場指令が流れてきた。


二〇二〇年、新型コロナウイルス感染症は世界的な爆発的大流行、いわゆる「パンデミック」となり、救急活動にも大きな影響を与えました。個人防護具（ＰＰＥ：Personal Protective Equipment）をフル装備で活動する救急隊は、感染症と闘いながら普段以上にストレスのかかる活動を行っています。

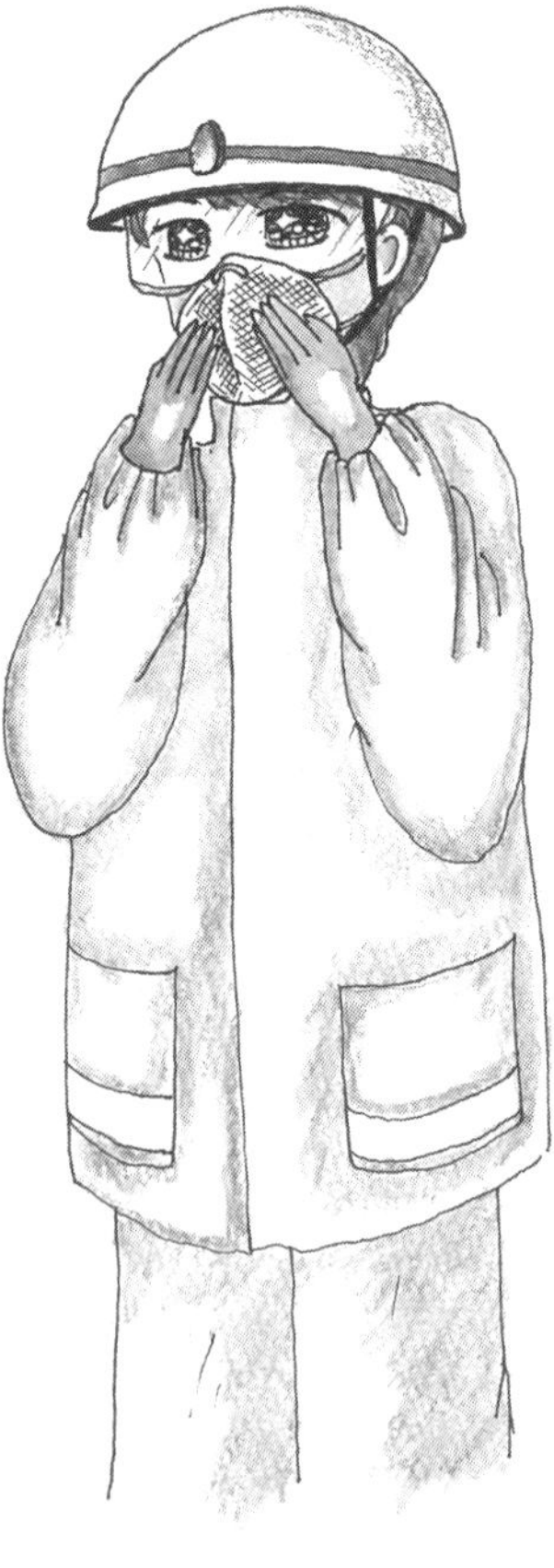

さらに、「医療崩壊」という言葉も毎日のように報道されました。医療の逼迫した状況に真っ先に影響を受けるのが救急です。医療機関が感染症対策で手一杯になってしまえば、心疾患や脳卒中、交通事故など感染症以外の傷病者の受け入れも困難になってしまい、搬送先が見つからず長時間の活動になるケースが増えます。

市民が病気や怪我で危機に瀕した時、一一九番通報をすれば救急隊が駆け付けます。著者は、救急隊は市民のヒーローだと思っています。現場では辛いこともたくさんありますが、待っている傷病者のために、もうひと頑張り、お願いいたします。

Spring is season of hope

舞子が救急隊に配属されて一年が経過していた。救急救命士のベテラン隊長・菅平司令補のもと、現場の経験を積んできた。救急救命処置も、だいぶ自信をもって行えるようになってきた。

そんなある日、菅平が救急救命士再教育に出向することになった。救急救命士は二年間で百二十八時間の再教育を受ける決まりがある。菅平は、約一週間、管内の病院で研修を受けることになった。

その間、菅平の代わりに救急隊長として乗務することになったのは、普段は予防課に勤務している羽鳥《はとり》司令補であった。羽鳥は救急救命士の資格を持っていないため、救急活動記録票の記載や救急救命処置などの救急救命士の業務は、舞子一人で担当することになる。

「救急車に乗るのは、何年ぶりかなあ」

五十代の羽鳥は、若いころに救急隊員の研修を受けたものの、専門である予防課の勤務が長くなり、すっかり現場はご無沙汰であるという。

菅平の不在は、舞子にプレッシャーを与えていた。正規の救急隊メンバーである舞子と水上はまだ階級が低いため、隊長業務を代行することができない。

特異事案に当たらなければいいけど……。

菅平の研修は一週間であるが、研修のスケジュールは日勤日や週休日も含まれているので、実際に当番勤務を抜けるのは一日だけだ。とにかく今日を乗り切ればよい。

「赤倉さん、水上くん、今日はよろしく頼むよ。いつも通り、活動してくれて構わないから」

羽鳥も慣れない勤務で緊張しているようだった。

「はい。隊長、よろしくお願いします」

舞子は羽鳥の感染防止衣を準備して、救急車の隊長席に置いた。


夕方までは、四件の出場があったが、いずれも軽症の傷病者で、平和に過ぎていった。

現在は、五件目の傷病者に対応中である。二十代男性。精神疾患のひとつ、統合失調症の傷病者で、主訴は精神不安であった。本人もうまく説明できないのだが、不安で居ても立ってもいられないという。付き添いはいない。

傷病者のバイタルサインを測定し、異常値がないことを確認した舞子は、羽鳥に提案した。

「隊長、現在のところ、バイタルサインは安定しています。症状から、精神的な要因が大きいと思います。かかりつけの病院は板橋区なので、ちょっと距離がありますけど、精神疾患の既往があれば新たに受け入れ先の病院を探すのは時間がかかってしまいます。かかりつけの病院に搬送するのがいいと思います」

「よし、わかった。機関員、病院に連絡して」

こうして、約十五km離れた医療機関に向けて、救急車は出発した。

傷病者は自力で歩くこともでき、救急車の後部座席に座らせて搬送していた。不安症状もだいぶ治まったのだろうか。穏やかな顔つきで、隣に座った羽鳥と会話している。

何がきっかけなのか、わからなかった。突然、傷病者が暴れだした。

「ワーッ！　ここから出せ！」

「お、落ち着いてください」

傷病者はシートベルトを自分で外し、救急車の後ろのドアを開けようとしている。制止しようとして傷病者の腰に手を回した羽鳥の首から聴診器を奪い、振り回し始めた。

「隊長、危ない！」

舞子も制止に入る。かろうじて傷病者の右手首を掴んだが、相手は二十代の男性だ。羽鳥と舞子の二人で抑え込むのがやっとであった。この状況では、それ以上はどうしようもない。

救急車を路肩に停車させ、水上が後部座席に入ってきた。傷病者の抑制を舞子と交代する。

「赤倉、二十メートル先に交番がある！　警察官を呼んでくるんだ。早く！」

水上に指示され、舞子は救急車を降り、交番に向かって走った。救急車には、活動中に何らかのトラブルで危険な状況が発生した場合、本部にSOSを伝えるボタンが設置されている。しかし、今は一刻も早く支援が欲しい。舞子は直近の交番から警察官一名を連れ、救急車に戻った。

自傷他害、つまり、自分や他人を傷つけてしまうおそれのある傷病者は、警察官に保護を要請することが出来る。警察官の同乗のもと、傷病者をかかりつけの病院に搬送し、この活動は終了した。

「いやあ、大変な活動だったね」

病院の駐車場で、羽鳥は救急車の助手席に座ったまま、ハンカチで汗を拭いている。後部座席では、舞子と水上が救急資器材の点検をしていた。さっきの傷病者が暴れたときの衝撃で、器具の破損やコード類の断線があれば、次の出場に差し支える。

「隊長、資器材は異常ありません。このまま、次の出場があっても大丈夫です」

「よし、じゃあ、引き揚げるか。帰ったら、ちょうど夕飯の時間だろう」

消防署へ戻る車中で、舞子は考えていた。さっきの傷病者が暴れ始めたのは、何がきっかけだったのだろう。傷病者は後部座席に座り、羽鳥と会話をしていた。会話の中に、何かのキーワードがあったのか。それとも、車窓からの景色に何かを見つけたのか。また、それ以外の原因があったのか。傷病者の微妙な変化に気付くことが出来なかったのは、自分の気の緩みかもしれない。

舞子は傷病者をストレッチャーに乗せなかったことを後悔した。歩行可能とはいえ、ストレッチャーに収容してベルトで固定しておけば、傷病者が急に暴れだしたときも、危険な思いはしなかったはずだ。

菅平が隊長だったら、このような活動の後はみんなで話し合い、意見を出し合っていただろう。舞子はますます不安を感じていた。

「さっき、交番に駆け付けて警察官を呼んできたでしょう？」

夕食後、消防署の事務室で、舞子は水上に声を掛けた。

「搬送先の病院は板橋区。現場の渋谷区から、高速を使って行かなかったの、何か理由があるんですか？」

「……あの時間の首都高は、必ず渋滞している。さっきの傷病者に限らず、突発的な緊急事態が発生したときに、高速道路上にいたら、対応できないこともある。だから、下道から行こうって思ったんだ」

「へえ。さすがですね。もうすっかり、機関員のプロフェッショナルって感じですね」

「……なんか、馬鹿にしたような言い方だな。それより、救急救命士だったら、ちゃんと勉強しておかないといけないんじゃないの？　精神疾患の傷病者への対応」

水上の机には「救急救命士標準テキスト」、いわゆる救急救命士の教科書が広げられていた。統合失調症のページが開かれ、重要な部分にマーカーで線が引かれている。

「なるほど。陽性症状が出ている時期は、幻覚や妄想、思考の混乱があるんですね」

「さっきの傷病者が暴れてしまったのは、病気だから仕方ないことだ。それよりも、何が暴れるトリガーになってしまったんだろうな、と思って。それに気付かず救急活動を行っていたとしたら、また同じようなことが起こるかもしれない」

舞子は水上が自分と同じことを考えていたのに驚いた。

「ずいぶん、勉強しているんですね」

「来週、救急救命士養成課程研修の選抜試験がある。受験の申し込みをしたんだ」

「え、ついに、現場活動二〇〇〇時間超えたんですか？　すごい！　頑張ってください」

水上が救急救命士を目指していることは以前から知っていた。選抜試験に合格すれば、半年は研修で現場を離れることになる、一緒に活動できる期間も、もう長くないのかもしれない。舞子は同僚の前進に喜びを感じつつも、少し寂しい気持ちになった。

水上だけではない。菅平も、渋谷消防署に勤務して五年は経過している。そろそろ定期人事異動に引っかかる時期だ。自分を育ててくれた隊長から独り立ちしなければならない時が、近い将来必ず来る。

「あれ、その絵」

舞子は、水上が広げているテキストの下に、救急車が描かれた水彩画を見つけた。救急車のそばに、グレーの救急服を着た八頭身の男性隊員の姿も描かれている。

「これ、この前の『はたらく消防の写生会』の作品じゃないですか？」

消防署の行事の一環で、地域の小学校に消防車で訪問し、児童に絵を描いてもらってコンテストをするという企画がある。前回の日勤日に、水上が予備の救急車を運転して、そのイベントに行ってきた。

「よく、色味のない救急車を描く子供がいましたね」

写生会では、ポンプ車やはしご車などの赤い車の絵を描く子供は多いが、白地に赤線という地味な救急車をモデルに選ぶ子供は少ない。

「これは、伊吹くんからもらったんだ」

「ああ、あの、水上さんの大ファンの子供ですね」

この春から小学校に入学した伊吹は、よく母親に連れられて救急車を見に来ていた。小学生になってからは、あまり見かけなくなったが、相変わらず救急隊に憧れてくれているようだ。

「……こうして、子供に憧れてもらえる仕事って、幸せだよな」

「そうですね。もっともっと、頑張らなきゃって思います。救急現場って、精神的にも体もきついけど……おまけに睡眠不足だし早食いになるし美容にも悪いけど……。でも、どこかで誰かに必要とされているって、いい仕事だと思います」

「なんか、人を助けるっていうよりも……自分が必要とされていることで、自分が、生きていて良かったって、思えるようになった」

「やっぱり、いい仕事ですよね」


菅平が再教育から戻り、救急隊はいつものメンバーに戻った。

「へえ、そんなことがあったの」

舞子は菅平が不在の間の出来事を報告していた。

傷病者を医師に引き継いだ後の病院の駐車場で、救急車のカーテンを閉め、三人はおやつを食べていた。午後二時。忙しさのあまり昼食も食べそびれているのだから、このくらいは許されるだろう。

「それにしても、うまいなあ」

「美味しいですね」

「白玉粉と砂糖と水だけですよ。あとは、いちごと、市販のあんこを包むだけで、簡単です」

菅平と舞子は、水上の手作りの「いちご大福」を食べている。料理が得意な水上は、時々、手作りの差し入れを持ってくるようになった。水上は三月末で単身寮を出て、新年度から一人暮らしを始めたと言っていた。「彼女でもできたのかな？」なんとなくではあるが、舞子はそう感じていた。今度、聞いてみよう。

「今まで、菅平隊長に頼りっぱなしだったことがわかりました。もし、私が失敗しても……フォローしてくれる、責任を取ってくれる隊長がいるだけで、安心して活動を行うことが出来ていたんだなって」

「……君たちの、十年後、二十年後はどうなっているのかな、と思ってね」

菅平は若い部下たちに語りかけた。

「救急業務は、苦労が多い。日々の業務で頭も体も疲れ果ててクタクタになる。私ももう四十代後半だ。今年こそ救急を降りて負担の少ない部署への異動を希望しよう、と毎年のように思ってしまう。でも、部下たちの成長をもう少し見届けたいという気持ちが、現場引退にブレーキをかけているんだ」

菅平の携帯電話が鳴った。

「……え？　はい、そうですか。わかりました。伝えます」

通話を終えた菅平は水上を見た。

「今の電話、大隊長からだ。水上くん、救急救命士養成課程研修の選抜試験、合格したそうだ。おめでとう」

「おめでとうございます。秋からは、半年間の研修ですね」

舞子も一緒に喜んだ。菅平は、次に舞子を見た。

「赤倉くん、君も、消防士長昇任試験、一次通過しているそうだ」

「え！」

舞子はこの一年間を振り返った。がむしゃらに現場の経験を積んできた。一つ一つ、目の前の困難を乗り越えてきたが、まだまだ、周りの助けを借りてばかりだ。

「隊長、消防士長の昇任試験、来月の二次試験に向けて、頑張って勉強します。ご指導、お願いします！」

「俺も……研修で、成績優秀賞とってきます。そして、絶対に救急救命士国家試験に合格します。ご指導、お願いします！」

二人の言葉に、菅平はパグ犬のような顔で優しく微笑んだ。

「さあ、署に帰って、早いところ昼飯を片付けよう！」

第二章

救急隊長

身上把握

墨田区の南半分を管轄する本所消防署は、江戸の情緒が感じられる下町エリアと錦糸町駅周辺の繁華街の安全を守っている。特に、二〇一二年に完成した東京スカイツリーとその周辺は国際的な観光スポットとして脚光を浴びている。

三十歳を迎えた赤倉舞子は消防司令補に昇任し、四月一日付で本所一部救急隊長を拝命した。

「それで?」

大手町の地下街の喫茶店で、舞子の向かいに座っているのは水上武尊、二十八歳。救急救命士であるが、現在は大手町の本庁にある総合指令室に勤務をしている。階級は消防士長、舞子より一つ下である。実際は、水上は高卒で入庁しているので、大卒の舞子より二年先輩であるのだが、高卒と大卒では採用区分が異なるため、昇任試験を受ける時期も異なる。

「その若い隊員……『超過勤務手当が多いから』って救急隊になったたって言うのよ！　もともと、救助志望だったらしいんだけど、救助は競争率が高いからって……」

聞いている相手が旧知の仲の水上であることで、舞子のボヤキは止まらない。

「機関員はあと一年で定年退職の五十九歳よ！　しかも、階級は副士長。四十年も勤めているのに、下から二番目の階級ってどういうこと⁉　勉強も訓練もやる気ないし、いつも席に座って地図を眺めているのよ。パソコンも使えないから、ワード、エクセル、パワポ、何も任せられないのよ」

五月上旬、ゴールデンウィークの午前中、オフィス街は人の出も少なく、大手町駅も閑散としていた。以前、同じ隊で勤務していた舞子と水上は、お互いに異動してから久しぶりに会うことになった。水上の結婚式で会ったのが最後だから……二年ぶりくらいか。

「世の中を舐めすぎている若者と、定年間際のおじいちゃんよ！」

この四月から救急隊長になった舞子は、自分にあてがわれた部下に不満があるらしい。

「まあ……誰かさんも、新人隊員なのに救急医療週間中に夏休みを取るような曲者だったけどね」

水上は昔を思い出して微笑んだ。相変わらず端正な顔立ちをしている。二人の子の父親となった今も、さぞかしモテることだろう。

「ところで、水上の相談って何?」

壮絶な現場を共にするうちに、もはや細かいことを気にしていられなくなり、今では敬語は使わなくなった。

「……実は、大学院に行きたいと思うんだ」

「大学院⁉」

相談があるからと非番に呼び出されたのだが、意外な展開に舞子は驚く。

「……うん。救急救命士の資格を取って、今まで知らなかったことがいっぱいあるって気が付いた。そうしたら、逆に怖さとかも出てきて」

「それで、大学院で勉強したいと……?」

「ああ。前に、赤倉の出身大学で、社会人学生を受け入れるって言っていただろう。高卒でも大丈夫なのかとか、仕事しながらでも行けるのかなって」

「……でも、大丈夫なの? 子供が生まれたばかりなんでしょ?」

「だから、かな。子供がもっと大きくなれば、お金もかかってくるし、今なら奥さんが専業主婦だから、まあ、いろいろ、家のことは任せていられるし」

「……ふーん。なんか、すごいなあ。すっかり大人になっちゃって……」

　水上は、救急隊に配属された直後は、救急救命士の免許を持って入庁してきた舞子にライバル心を持っていたようだが、傷病者を救命したいという根幹は同じであることに徐々に気づき、ライバルというより戦友のような、また、家族のような存在であった。

「……上の子、いくつになったんだっけ？」

　長男の伊吹は妻の連れ子であったが、水上によくなついている。昔からよく消防署に救急車を見に来ていた。

「十歳。もうすっかり消防マニアになっちゃって。負けていられないよ。それも、大学院に行きたい理由の一つ。父親として、彼に威厳を見せたい」

「すごいなあ。その若さで十歳の息子がいるなんて。……まさか、消防署によく来ていた親子と家族になっちゃうとはね」

　水上の結婚相手は、当時幼稚園児だった伊吹を消防署に連れて来ていたシングルマザーの谷川雫だった。息子が救急隊の、とりわけ水上の大ファンで、何度も「救急車を見せて」と言って消防署に来ていた。その後、何がどうなったのかわからないが……水上は、七歳も年上の雫と結婚した。そして、最近、新たに女の子が生まれたばかりだった。

「大学院のことは、知っている先生に聞いてみる……。でも、本当にすごいよね。この数年間で、救急救命士の免許も取って、結婚して親になって、おまけに去年からは指令室って未知の世界で……」

「まあ、人事異動は希望じゃないけどね」

年末に提出する勤務評定書に要望を書けば、希望する部署に異動させてもらえることもある。水上の場合、指令室への異動は希望していなかったとはいえ、機関員として無線運用にも慣れていたし、その能力が認められたのだろう。

それにひきかえ……。

「……なんか、水上サンがすごく頑張っているのを聞いたら、自分が情けなくなってきた……」

「おいおい。いつも、本所一部救急隊からの無線、楽しみにしてるんだぜ。無線交信を聞きながら、赤倉隊長、頑張れって思っているよ」

「そうよ。頑張っているのよ。ああ、こんなに頑張っているのにどうして、三十歳を過ぎても未だに独身なのかしら。誰も、私の魅力に気付かないのかしら」

二十代の頃、救急隊員として現場の経験を積んできた舞子は、現場活動にもだいぶ自信がついてきていた。消防士長に昇任し、異動先の消防署で隊員として勤務していた。しかし、現場で「私はこういう活動をしたい」と思っても、決定権は隊員ではなく隊長にある。もどかしさを感じていたが、それが階級社会の指揮命令系統だ。舞子は次第に自分の部隊を作りたいと思うようになった。

救急隊長になるには、消防士長から消防司令補に階級を上げることが必要なので、昇任試験の勉強にも一生懸命取り組んだ。消防官になって八年目、三十歳にして消防司令補に任命され、救急隊長になった。

初めてできる自分の部下にワクワクしていたのだが……。

着任したその朝、まずは、直属の上司である大隊長に挨拶に行った。

大隊長の川場《かわば》は五十代。かつて、消防学校の教官として学生を鍛えていたというだけあって、精悍な風貌をしている。鋭い眼光が猛禽《もうきん》類を想像させる。

「うちの署では、初めての女性隊長だが、現場では男も女もない。容赦なくいくぞ」

「はい」

大隊長は、絵に描いたような消防官の上司のキャラクターだなと思いつつ、次に、救急係の席に行く。

「あの、今日から救急隊長になった、赤倉と申します……」

救急係の席にいた救急隊員たちは皆、非番の隊員たちだった。今日から一緒に救急車に乗る「部下」は、どこにいるんだろう……。

午前八時三十分、当番の勤務者が車庫前に整列をしている。

「気を付け、相互に、敬礼」

当直の消防士長の号令のもと、大交替が始まった。四月一日、人事異動を経て、今日から新体制のスタートだ。

救急服を着て整列をしていたのは、眉毛を逆ハの字に細く整えた若者と、白髪頭でヨレヨレの救急服を着たお爺さんだった。

消防署二階事務室。新任隊長の舞子が、部下と面談をしている。初めに、救急隊員・消防士・戸狩可夢偉《とかりかむい》。二十一歳。

「では、戸狩くんは、救助隊を目指していたわけですね」

「そうっすね。でも、ぶっちゃけ、救助隊って、四百人くらい受験するのに、研修に行けるのは毎年五十人ですよね。ちょっと、厳しいかなって」

「では、何で救急隊に？」

「救急隊は出場が多いから、食事当番とか環境整備とか、やらなくていいじゃないですか。あと、看護師さんとか、合コンも多いって言うし」

「将来の目標は？」

「……まあ、今はまだ入庁三年目なんで、よくわからないですけど……いつか、ハイパーレスキューとか行けたらいいですね。カッコいいし」

「救急救命士の資格は？」

「……今のところ、資格は取らなくてもいいかなって思っています。救急救命士になると、活動記録票も書かなくちゃいけないし、責任も重くなるでしょう。それに、資格があると救急優先になって、救助に乗れなくなっちゃうかもしれないし」

舞子は指導記録簿に戸狩との面談内容を記録する。隊長は、部下の身上を把握しておかなければならない。「消防一家」という言葉で表されるように、寝食を共にし、人の命がかかった現場で共に活動するのだから、部下の特性を理解しておくことは隊長の重要な任務だ。

次、救急機関員、丸沼栄《まるぬまさかえ》、五十九歳。

「……今年度末に、定年退職予定、と」

「はい、そうです」

「これまで、ずっと救急機関員だったんですね？」

丸沼は六十歳前にしては老けて見えた。救急隊は出場も多く激務であり、定年間際まで現役で救急隊に所属しているのは、ある意味すごいのではあるが……。

「はい、いまさら、ポンプ隊とか毎日勤務とか、ほかの業務は覚えられないんで、定年までこのまま続けられれば、それでいいですね」

「担当事務は……？」

「……副士長なんで、あんまり責任のあることはできませんよ、隊長。……あと、家が遠いので、なるべく非番は早くあがらせてください」

前任の隊長から引き継いだ指導記録簿を見ると、住所は千葉県館山市、通勤時間三時間、と記載されていた。

「大隊長、救急隊、ただいま帰署しました」

舞子は救急出場から戻ると、必ず川場大隊長のもとに報告に行く。災害現場での活動内容を報告するのは各隊長の仕事だ。

「午前中、二件一名。軽症一件と、本人拒否による不搬送一件で、異常ありません」

「了解。……もう、隊長の業務には慣れたか？」

「……はい。いや、まだ、全然慣れていないですけど……まあ、頑張ります！」

「頼むぞ」

川場は席を立ち、午後の消防活動訓練に備えて裏庭に降りて行った。裏庭では、昼食を済ませた丸沼が休憩スペースで休んでいた。

「丸さん、どうだい？　新しい隊長は」

川場が丸沼に声を掛ける。

「大隊長。……まあ、一生懸命やっていますよ。いつも活動方針がハッキリしていて、動きやすいですね。現場で『どうしよう？』って言われるのが一番困りますから。でも……」

「でも？」

「非番でも訓練やりましょうとか言われると、ちょっと引きますけどね」

救急隊長は、救急活動の活動方針を決め、隊員と機関員を指揮して傷病者を救命します。

著者は、隊員と機関員は、隊長を補佐し、救急活動を行います。消防官になって十年目、三十歳の時に消防司令補に任命され、救急隊長になりました。隊員として隊長の補佐をするのが仕事だったときは、勤務中は不謹慎にも「何か面白い事案に出場したいな」と思っていたのが、隊員と機関員という部下を持つようになったことで、「無事に今日の勤務を終えて、この部下たちを無事に家に帰さなければいけないな」と考えるようになりました。隊員のときは指令が入るたびにワクワクしていたのに、隊長になってからは、平和に過ごすことが一番だ、と思うようになりました。

消防署の交替制勤務は二十四時間体制です。勤務している消防署や出張所の規模によって人数は変わるものの、限られたメンバーが三日に一日は二十四時間以上を共に過ごしています。年代も十八歳から六十歳までバラバラです。二十四時間勤務をするということは、寝食も共にする必要があります。ある意味、家族より長い時間を職場の仲間と過ごします。よく「同じ釜の飯を食う仲間」と言いますが、「消防一家」と家族のように例えられることもあります。家族のような存在ですから、部下の身上把握は、隊長の重要な任務です。

自傷他害

出場指令は、「手首の切創」

切創は切り傷のことである。救急活動は指令内容に比べ、現場に行ってみたら軽症であったという例が多いことから、戸狩はすっかり甘く見ていた。

「どうせ、ちょっと手を切ったくらいでしょ」

ところが現場に到着すると、凄惨な場面が待っていた。

一般住宅の二階居室。襖には、大量の血しぶきが飛び散っている。六畳間の和室は血の海だ。畳の上に敷かれた布団の上で仰向けに倒れているのは七十代の男性。確かに、手首にも切創があるが……それ以外にも右の頸部に刃物でザックリ切った傷がパックリと開いている。傷病者の顔色は蒼白を通り越して土気色に変わっており、心肺停止状態が疑われた。

「感染防止に注意して、血液に触れないように。戸狩、脈があるか確認して。丸沼さんは、警察官と、搬出困難でポンプ隊の応援要請！」

舞子は戸狩と丸沼に指示を出した。この状況では、救急隊三名だけで搬送するのは無理だ。そして、事件性が否定できないので、警察官の現場検証も必要になる。

「隊長、脈が、確認できません……」

「えっ？　心肺停止？　では、ＣＰＲを……」

「……いや、そうではなく、首に傷があるんで、総頸動脈を確認できません！」

「切創は右側だけだから、左で確認すればいいでしょ」

戸狩はすっかり舞い上がっているようだ。舞子は、戸狩を押しのけて傷病者の左頸部に触れると、脈の拍動は感じられなかった。間違いなく心停止だ。

「ＣＰＲ開始」

心肺蘇生処置が開始される。応援に来たポンプ隊も加わり、心肺蘇生をしながら救急車内に収容する。搬送先は、直近の救命救急センターに決まった。

揺れる救急車内では、舞子が人工呼吸、戸狩が胸骨圧迫を行う。総頸動脈を切った傷病者の体内には十分な血液が残っていない。戸狩が胸を押しても、傷口からわずかな血液が漏れ出すだけだ。血液を循環させて蘇生させるのは限りなく困難だということを表していた。

同乗者は傷病者の娘で、後部座席に座り、涙を浮かべて見守っている。

「……もう一度、確認ですが。お父さんの様子を見に行ったら、自分で手首と首を切っていたと」

「……そうです。もともと、精神的に……最近、うつ病がひどくなっていて、お薬をもらっていたりしたので心配だったんですけど……」

舞子は娘に状況を確認した。傷病者は七十二歳男性。自宅で自殺を図ったものであった。搬送先の救命救急センターで死亡が確認された。


「隊長、よく普通にメシ食えますね」

消防署の食堂で夕食をとっていた舞子に、戸狩が話しかけてきた。今日のメニューは豚シャブ、サラダ、ご飯とみそ汁だ。確かに、普通に考えれば、つい三〇分前まで血みどろの修羅場にいた人間が平然と肉を食べているのは奇妙な光景だろう。

「さっきまで、あんなにすごい現場にいたのに……俺なんて、着替えてもまだ、血の匂いが残っているみたいで気持ち悪いですよ」

舞子は経験の浅い戸狩が、生意気なようで意外と繊細な一面があることに気づいていた。

傷病者や家族に対し、感情的に考えているようなところがある。

……悪い奴ではないのかもしれない。明日、非番で食事でも誘ってみようかな。丸沼さんも。舞子は、戸狩に精神面のケアが必要だと考えていた。

消防官の間では「燃えているのは他人の家」という教えもある。火災現場で燃え盛る炎を前にし、自分の家が燃えているように思ってしまうと冷静な行動がとれないという注意だ。救急活動も、傷病者や家族に親身になって対応することは大切だが、気持ちを切り替えることも必要だ。今は、夜間の出場に備えて夕食を食べておかなければいけない時間だ。


「またですか……」

戸狩がため息をついた。次の指令も「自損行為、手首の切創」であった。自損とは、自分で自身の体を傷つけることで、自殺未遂ということだ。

傷病者は二十五歳女性。左右の手首から肘にかけて、腕の内側に新旧数十本ものリストカットがある。傷は浅いので、この傷自体は今すぐ命に係わるものではないだろう。問題は……。

「では、市販の風邪薬を、一〇〇錠飲んでしまったと……」

うつむきながら泣いている女性傷病者が、かすかに頷いた。傷病者はアパートのソファーに座り、自称「彼氏」の同年代の男が隣に座って付き添い、傷病者の肩を抱いて顔を覗き込むようにして慰めている。部屋の中は派手な衣類で散らかっている。赤や紫のブラジャーやパンツまで出しっぱなしになっており、目のやり場に困る。

「ええと、話をまとめると……彼女が『死にたい』ってあなたに電話を掛けたあと、電話が通じなくなって……彼氏さんが駆け付けたら、手首を切っていたということですね？」

舞子は苛立ちを抑えながら、「彼氏」に確認をした。

「はい、それで一一九番通報をしました」

「隊長、薬の瓶がありました」

戸狩は市販の風邪薬の空き瓶をキッチンのごみ箱から拾ってきた。

「飲んだのは、これですね？」

ウッ、ウッ……。傷病者は、また泣きながら頷き、隣に座っている「彼氏」の胸に体重を預けるように甘えた格好になった。

「ちょっと、薬の瓶、見せて」

戸狩から空き瓶を受け取り、舞子はラベルを確認する。アセトアミノフェンが含まれている。大量に服用すると、肝臓の障害を起こすことがある。

「丸沼さん、救命救急センターを選定しよう」

傷病者のバイタルサインは正常であったが、薬物の大量服用を考慮し、高度な医療処置のできる救命救急センターへの搬送を判断した。

搬送途上、舞子は傷病者に尋ねた。

「まだ、死にたいと思っているの？」

傷病者は、顔を隠しながら、左右に首を振った。


非番日。凄惨な現場を見た気分転換にと、救急隊三名で昼食を食べて帰ることにした。普段は早く帰宅したがる丸沼も、今日はつきあってくれた。とはいえ、睡眠不足の飲酒は危険である。署の近くの食堂で、定食とランチビール一杯だけと決めていた。

「昨日は、なんか激しい活動ばかりで疲れたわね」

「でも、隊長、ずいぶんはっきり聞くんですね。自殺未遂の人に『死にたいですか』とか聞いちゃっていいんですか？」

「自殺念慮があるかどうか尋ねるのは理由があるのよ。自殺を企てた傷病者は、言語化することで苦痛が軽減するといわれているの。……まだ死にたいと思っているのであれば、安全管理に注意しなければならないし」

「彼氏に死ぬって言って電話切るような女は死なないですよね……。そういえば、あのとき、隊長ちょっとイラついていましたよね？」

戸狩が舞子に突っ込む。

「だって、二十五歳にもなって、人前であんなにイチャイチャって、何なのよ！　私が二十五歳の時には、もう救急現場で責任もって仕事していたわ」

「隊長は、まだ結婚しないの？」

意外なところで丸沼が聞いてくる。

「……結婚どころか、彼氏すらいないですよ……」

「早く結婚して子供を作るのが、女性の幸せだと思いますよ」

丸沼は、大人しいようで結構保守的な考えを持っているのかもしれないと舞子は思った。

……結婚か。消防の同期生で、女性が二十人。その三分の二以上が既婚者となっている。そのほとんどが、職場結婚だ。消防では、圧倒的に男性の数が多いので、男性との出会いの場は少なくない。舞子とて、浮いた話が全くなかったわけではない。たまたま結婚に至るようなご縁がなかっただけだ。結婚や出産を諦めてキャリアを積もうと考えているつもりはない。

「まあ、いつかは……ご縁があれば結婚も出産もしたいですよ」

隊員のストレス軽減のつもりで食事に誘ってみたが、意外な方向に話を向けられて困った舞子であった。

「またまた、またですか！」

戸狩が驚くのも無理がない。今日もまた、自損の指令だった。指令内容は、「五十代男性、倉庫で縊首《いしゅ》」。

「縊首って、首つりですよね……」

「そう。ロープがかかっていたら、結び目は解かないでね」

事件性がある場合、現場保存は重要だ。自殺と見せかけ、殺人の場合もある。

現場に到着した。傷病者は既に警察官によって降ろされ、十畳ほどの倉庫の床に仰向けに寝かされている。

「……四肢の硬直と、死斑が見られます。社会死と判断して、不搬送とします」

傷病者を観察した舞子は、死後硬直などの死体現象が出始めていることを確認した。すでに傷病者は社会通念上明らかに死亡しているものと判断し、搬送はせず、警察官に現場を引き継いだ。

「戸狩、さっきの人、もしかしたら殺されたかもしれない」

帰署途上の救急車内で、舞子は戸狩に話しかけた。

「ええっ。何でわかるんですか?」

「……索状痕《さくじょうこん》。縊頚だと、もっと斜め後ろに跡がつくはずだけど、さっきの傷病者、水平方向に索状痕があった。絞頚かもしれない」

索状痕とは、紐やロープなどで絞められた痕をいう。首を吊る縊頚と、首を絞められる絞頚では、その特徴に違いがある。

「へえ。隊長、すごいっすね。名探偵みたいだ」

「でも、それは警察官が調べることだけどね」

救急救命士の勉強をすれば、このくらいは常識だ。警察の捜査で、真相も判明するだろう。

救急活動は、傷病者の観察や処置だけでなく、事件、事故、様々な社会的な背景と密接な関係がある。それは、現場の仕事のやりがいでもある。若い隊員である戸狩にも、そのような現場の奥深さを知ってもらいたい。舞子は隊長としてそう思っていた。

「……でも、隊長。こんな昼間から殺人現場の話をしているようじゃ、まだ結婚は遠いかもしれないですね」

やはり生意気な隊員であった。


救急現場では、現場に行かなければわからないし、現場に行ってもわからないことが沢山あります。事件なのか事故なのか。自殺なのか他殺なのか、それを判断するのは警察の仕事ですが、救急隊の客観的な観察が参考になる場合があります。警察からの「捜査照会書」をもとに、救急隊の観察結果を警察に情報提供する場合もあります。そのため、観察した結果は事実を正確に救急活動記録票に記載しておくことが必要になります。

適正利用

本日一件目、朝九時。

「公衆電話からの通報といえば……」

「……住所不定の可能性が高いですね」

舞子と戸狩は、救急資器材を持って一一九番通報があった公衆電話に向かう。携帯電話の契約が出来ない住所不定者は、公衆電話から一一九番通報をしてくる場合が多い。機関員の丸沼は、救急車の運転席で待機している。

「やっぱり」

秋になったとはいえ、十月の天気の良い日は、まだ暑さも感じられるが、そこで待っていたのは季節感のない厚着でしゃがみこんでいる年配の男性。そばにある紙袋には、やはり薄汚れた衣類のようなものが詰め込まれている。

「救急車を呼びましたか?」

舞子の問いかけに頷く。

「どうしましたか？」

「……腹が痛い」

傷病者は蚊の鳴くような小さな声で答える。

「もう、一週間も、何も食べていなくて……」

「それで、救急車を呼んだんですね？」

目に染みるような異臭を放つ住所不定者の傷病者に近づき、観察を行う。バイタルサインは正常だ。

「……隊長、ノミがいます」

戸狩が傷病者の頭部を観察し、舞子に報告する。

「……これは、シラミだ。ノミは、ピョンピョン飛び跳ねて、血を吸うやつだよ」

秋晴れの平日午前中、ノミだのシラミだのと話をしている舞子は、なんていう仕事なんだろうとため息をついた。

住所不定者だから、汚れているからといって差別をするわけにはいかない。重症感は無いとはいえ、腹痛という主訴もある。当然、通院もしていないだろうから、どんな疾患を抱えているかもわからない。

何とか診察をしてくれる病院を探して搬送した。

「戸狩、帰ったら送院通知書作っておいて」

住所不定者など支払い能力のない傷病者を搬送した場合は、税金で診療代を支払わなければならず、福祉事務所と病院あてに書類を作って送らなければならない。

「……一件目から、ついてないなあ」

仕事が増えた戸狩は不服そうだ。


二件目、十一時。

次の出場は、警察からの要請、つまり一一〇番通報された事案に救急隊も来てくれというものであった。現場はタクシーと乗用車の交通事故。信号待ちのタクシーに、乗用車が追突したらしい。

「隊長、誰が傷病者かわからないですね……」

現場は既に事故処理が終わったらしく、路肩に三人の男性が立っていた。警察官が、双方の運転手らしき男性二名に事情聴取を行っているようだ。

「……あの、怪我をされたというのは……」

舞子が尋ねると、タクシーの運転手らしき男性が、首を抑えて訴えてきた。

「追突の衝撃で、かなり首が痛いんですよ……休業補償もしっかりしてもらわないと」

「では、頸部を固定して、救急車の中に入っていただきます」

「ちょっと待って……。車の中から書類取ってくるから。あと、会社に電話しておきますね。あっ、どこの病院に行くんですか？」


三件目、十四時。

小学四年生の女の子。自転車で転倒し、右の眉毛のあたりに約一センチの傷があった。出血は既に止まっている。頭を打っている可能性もあるが、意識も清明でバイタルサインに異常はなく、直近の救急病院で診てもらえば大丈夫だろう。

「搬送先は、この近くの救急病院で、脳神経外科のあるところを探しますね」

舞子が付き添いの母親に説明する。

「あの、傷が残ったら困るので、形成外科で縫合《ナート》のうまい先生がいる病院に搬送してくれませんか？　都心の……T大学病院とか、どうなんでしょうか」

「……このくらいの傷では、縫合はしないと思いますが……」

戸狩が口を挟んだが、舞子がそれを制した。

「救急隊が搬送する病院は、直近適応が原則です。特殊な疾患でかかりつけの病院があるとか、そういうような場合を除いて、近くで対応可能な病院に搬送することになっています」

「……じゃあ、タクシーで行くからいいわ」

母親は傷病者である娘を連れて救急車を降りてしまった。

「だったら、最初から自分で連れて行けよ」

戸狩が毒づく。

「……まあ、そうなんだけど……。それより、その傷はナートしませんとか、そういう推測で予後を言うのはだめだよ。私たちは、医者じゃないんだし、どんな治療をするかは診察してもらわないとわからないでしょう?」

四件目は頻回要請者、つまり、救急車を何度も呼んでいる「リピーター」への対応となった。七十代の女性、一人暮らし。三日に一回は「頭が痛い」「胸が苦しい」「お腹が痛い」などと言っては救急車を呼んでいる。しかし、毎回、救急隊員が問診を行い、血圧や酸素飽和度などのバイタルサインを測定すると、なぜか安心して症状が治まり、病院へは行かないという。この日も観察だけ行って、本人の辞退により引き揚げた。

五件目は急性アルコール中毒。二十歳の男子大学生が、居酒屋で友達数人と飲酒していたら、いつの間にか眠り込んで、まったく目を覚まさないという。あまりに深く眠った状態になっていたので、友達が心配になって救急要請した。嘔吐物と尿失禁でビシャビシャになっている傷病者をビニールのシーツにくるんで搬送した。

急性アルコール中毒の傷病者を搬送した後、救急隊は病院の駐車場で資器材を消毒していた。

「隊長、よく、こんな仕事やっていられますね」

救急車のストレッチャーを拭きながら、戸狩が言った。

「今日の事案全部、本当に救急車が必要なのかなって思う内容ばっかりじゃないですか」

「……確かに、そうだよね」

「日本では、誰でも無料で救急車を使うことが出来ますよね。でも、救急車の数は限られているのに、早い者勝ちみたいじゃないですか。それって、なんか平等に見えて、不公平な感じがします」

「そうだよね」

「よく、『救急車はタクシー代わりに使わないでください』みたいなポスターが貼ってあるけど、じゃあ、どういう時に呼べばいいのかって、誰も教えてないんじゃないですか」

戸狩にしてはまともなことを言っているな、と舞子は驚いた。


……重症事案を扱っているわけではないのに、疲れる日だ。

夜十時。消防署の事務室は、数人が事務処理をしているのみで、静かな時間帯だ。救急活動記録票の整理がまだ終わっていないが、戸狩は若いポンプ隊員たちと体力錬成室で筋トレをやっているらしい。丸沼は、深夜の出場に備えて、早々と寝室に入ってしまった。

プルルル……目の前の内線電話が鳴った。

「はい、本所消防署救急係・赤倉です」

「こちら、指令室・水上です」

舞子が応答すると、電話をかけてきたのは指令室の水上だった。本庁にある指令室にいれば、どの救急隊が出場しているか把握できるので、舞子が出場中でないことを確認して電話をかけてきた。

「あれ？　水上、なんで？」

「……いや、こんな時間に、個人的なことで申し訳ないんだけど、前に相談した、大学院進学の話」

　舞子は、だいぶ前に水上が大学院で勉強したいと言っていたのを思い出した。水上は、舞子と同じような時期に救急車に乗り始め、救急機関員として勤務していた。そして、念願だった救急救命士の資格を取った。さらに結婚して家庭を持ち、現在は指令室という新たな環境で勤務している。そのうえ、仕事をしながら大学院に入って勉強をするというのだから、出来すぎている。おまけにルックスもよく女性にもかなり人気がある。「変な女に騙されるな」と冗談を言っていたのが懐かしい。

「実は、今度の大学院の入試の前に、指導教員の鹿島先生に面談をしてもらうことになったんだ」

「えっ！　鹿島先生に指導教員をお願いするの？」

　鹿島瑞穂は、舞子の大学時代の恩師であり、かつて救急隊長として現場で働いていたという実績もある先生だ。

「……大学院では、救急隊の効率的な運用方策について研究しようと思う」

「運用方策？」

「……指令室では、一一九番通報を受けた順に、救急隊を指令していくだろう？　その時、すごいジレンマが生じるんだ。例えば、さっき救急車を出したばかりなのに、次に受けた通報が、その救急隊の消防署の近くで『意識、呼吸がない』っていう場合もある。ちょっと順番が違っていたら、緊急性の高いほうに出場させることが出来たのに」

「でも、軽症だと思われる通報が、本当に軽症だとは限らない」

「そうだ。現場でよく経験したのが、『様子がおかしい』とか『具合が悪い』という通報が、実は怖いっていうこと。全くの軽症の時もあれば、実は心停止とか重症の場合もある。通報を受けるときは、なるべく多くの情報をとるようにはしているけど、都内だけでも一日二千件近い一一九番通報があるのだから、じっくり問診をしている時間もない」

「なんか、良さそうな研究テーマだね」

舞子は、今日戸狩が言っていた言葉を思い出していた。救急車の要請が早い者勝ちになっていて、本当は不公平じゃないのか……。

「救急車は、限りある医療資源だ。いくら、無料だからといって、緊急性のある傷病者の元へ、いかに効率よく配分するか。救急医療の政策について大学院で研究したいと思う」

「……いいよね、指令室は」

「え？」

「……私たちが現場で這いずり回っている間も、上から目線で安全なところから指示出してくるんだよね」

「……赤倉」

「今日だって、昼ごはんも食べずにシラミとか排泄物とかの消毒して……。現場はいつも、傷病者と家族と医者の板挟みだし、上司からは、しっかり部下指導しろとか言われてばっかりだし……。もっと、現場のこと考えてほしいよ」

　部下が近くにいないのをいいことに、舞子は水上に愚痴をこぼしてしまった。本当は、かつての同僚の成長を喜ばしく思っているのに。現場の隊長は、部下に弱みを見せるわけにはいかないという、孤独と疲労を感じていた。

「……なんか、立場逆転したな」

「え？」

「昔の赤倉は、『経験と勘』だけでものを言うのを嫌っていた。データを分析して、検証して、考察していかなければ何も変わらないって、生意気なことを言っていた」

新人の救急隊員時代、経験が少ない若手の隊員で集まって、一生懸命勉強していた。私たちが救急現場を改革していくんだ、私たちは、「命の星《スターオブライフ》」だ。そんなふうに、希望に燃えていた時代が懐かしい。

「……少なくとも俺は、そんな同僚に感化されて、今からでもしっかりデータの分析をしようと思っているし、それが現場で頑張ってくれている救急隊の活動を支援することに繋がればと思っている。……指令室は、絶対に現場の部隊を第一に考えているし、さっきの発言は許せない」

救急活動は、救急隊だけで行っているわけではない。指令室も本庁も方面本部も、みんな、市民の命を守るために動いているのだ、同じ仲間を悪く言うのは最低だ。

「……ごめんなさい。完全に、八つ当たりだった。……私も、現場活動、もう少し頑張るよ」

日本全体の救急車の出場件数は年々増加してきました。一九九九年から二〇一九年までの二十年間で約二七〇万件も増加しています。件数が増えたことにより、直近の救急隊が現場に行けなくなることが増え、救急隊が現場に到着するまでの時間も約六分から約九分に延伸しています。救急隊が搬送した傷病者で、初診時の程度が重症であったのは一割未満です。本当に救急車が必要な傷病者のもとに一刻も早く救急隊を向かわせるため、国や自治体では様々な政策を行っていますが、現場の救急隊員も大きなジレンマを抱えています。

一方で、救急車を呼ぶべき症状については、さらに普及啓発をする必要があると著者は考えます。胸が締め付けられるような痛みは心筋梗塞、経験したことのない頭痛はくも膜下出血、突然の言語障害や手足の麻痺は脳卒中など、救急疾患の典型的な症状を市民に知ってもらうことで、救急車の適正な利用が理解されるのではないかと思います。

分娩介助

深夜一時。繁華街の裏手にある築三十年は超えていると思われる木造二階建てアパート二階の一室で、赤倉舞子率いる本所一部救急隊は、二十代前半と思われる東欧系外国人女性と対峙していた。

「女性の腹痛といえば、妊娠を疑えと言われていますが……」

戸狩が舞子を見る。

「疑い、どころか……明らかに『妊娠』していますよね」

「妊婦ですね」

丸沼が搬送してきた折り畳み式の担架、サブストレッチャーを部屋の隅に置きながら続ける。

『墨田区錦糸○丁目……外国人女性、腹痛のもよう』

出場指令では妊婦であることは付加されていなかったから、おそらく、通報の段階では妊娠していることを言っていなかったのだろう。傷病者は六畳一間のアパートに敷かれた布団の上で、大きくせり出した腹を抱えて唸っている。

「あの……救急隊です。あなたのお名前は？　ワットイズ、ユア、ネーム？」

舞子が尋ねても、傷病者は「ウウッ…アウ……」と苦しんでいるだけで、返事はない。

「戸狩、バイタル測定。丸沼さんは、サブストレッチャー組み立てて搬送路を確保して」

女性の手首をとって脈拍数を数え、胸の動きを見て呼吸数をカウントしたところで、傷病者の表情から苦痛が消えた。

「ワタシノ、ナマエ、シャルマンデス……。ニホンゴ、スコシ、ワカリマス」

傷病者から聴取した内容をメモにまとめる。傷病者の名前はシャルマン。ロシア人女性、二十五歳。妊娠中と思われるが、受診をしていないので妊娠週数や出産予定日も不明。最終月経日も不明。

「せめて、最終月経日だけでもわかれば、妊娠週数と出産予定日が計算できるのに……」

救急隊三名で情報を共有していると、また、傷病者が腹痛を訴え苦しみだした。陣痛であることは間違いなさそうだ。先ほどの痛みから五分も経っていないということは、初産婦であっても、出産の時期は近づいていると考えてよい。

分娩介助、ついに来たか……。

母体が胎児を体外に出す、つまり出産する過程を「分娩」といい、医療機関へ搬送するまでの間に分娩が始まってしまった場合、それを介助することも救急隊員の任務だ。

しかし、分娩介助は頻回な事案ではなく、舞子は救急隊員になって五年の現場経験を積んできたが、実際に分娩介助を行ったことはなかった。

教科書には、妊娠週数や既往歴を確認し、かかりつけ医療機関と連携して活動すると書かれているが、教科書通りに行かないのが現場というものだ。

「丸沼さん、本部に連絡して、搬送先の医療機関の選定をお願いして」

救急隊だけで搬送先を決めるのは難しいと直感した舞子は丸沼に指示を出し、本部と連携して搬送先を探すことを決めた。

未受診妊婦の救急受け入れについて、過去に「たらい回し」として報道され、話題となったことがある。妊娠の経過がわからない妊婦を収容するのは、医療機関にとってもリスクが高い。生まれた後の新生児に対応するため、ＮＩＣＵ（Neonatal Intensive Care Unit：新生児集中治療室）が必要である。設備だけの問題ではない。妊産婦の治療に対応する産婦人科と新生児に対応する小児科の医療スタッフを深夜に待機させている医療機関は、どれだけあるというのだろうか。

まして、傷病者のシャルマンは外国人だ。どういう経緯で日本に滞在しているのかわからない。氏名や住所などの「人定」は、偽造かもしれない。受け入れることが出来ない医療機関を責めるのは酷というものだ。

舞子は長期戦を覚悟した。

シャルマンをサブストレッチャーに乗せて階段を降り、一階からメインストレッチャーに乗せ換えた後、救急車内に収容する。陣痛間隔は三分から四分といったところだろうか。搬送先さえ決まれば、いつでも現場を出発できる。

舞子はシャルマンの背中に毛布を入れて、上半身の角度を上げる。

「もう少しで病院が決まりますからね。頑張りましょうね」

この傷病者がどの様な理由で日本に来たのか、胎児の父親は誰なのか、いつから妊娠に気づいていたのか、病院に行けない事情があったのか。それらの複雑な事情を、この状況で短時間に聞き出すなんて、とうてい無理だ。舞子は、教科書に書いてある分娩介助のマニュアルを恨んだ。シャルマンは深いグレーの大きな瞳で、じっとこちらを見ている。よく見ると、まだ、あどけない。何か事情があるにしろ、異国の地で、付き添いもいない状況で救急車に乗っているのは、さぞかし不安であることだろう。

せめて、不安だけでも取り除かなくては……舞子はシャルマンの右手を握りながら背中をさすり、声をかけ続けた。「もう少し、ですからね……」

「アウッ……」

シャルマンが短く叫んだと同時に、救急車内の床に大量の羊水が血液とともに流れてきた。破水だ。急いで会陰部を観察すると、既に新生児の頭頂部が見えている。これは、救急車内での分娩を判断する「発露」という状態だ。

経験の浅い隊員の戸狩は、すでにフリーズしている。具体的な指示を出さないと、動かないだろう。機関員の丸沼はベテランではあるものの、相変わらずのマイペースで、運転席に座ったまま動かない。

「……車内分娩を判断します。戸狩は分娩セットを広げて。滅菌タオルをなるべく多く準備しておいて。丸沼さんは、本部に無線報告したら後ろに来て。新生児用の蘇生器具の準備も」

舞子は自分の右手を開き、シャルマンの会陰部を保護した。そして、左手で新生児が飛び出してこないようにやさしく保護すると、新生児の頭が回転しながら出てきた。ここから先は、教科書に書いてあるとおりに対応すれば大丈夫だ。

新生児の顔についている胎脂を拭き、両肩をつまんで新生児の体を娩出させた。

「ギャー」

突然、新生児が泣き出した。つまり、呼吸が出来ているということだ。舞子は全身の力が抜けるように安堵した。シャルマンは瞳を潤ませて新生児を見ている。臍帯にクリップをかけて処置をすると、丸沼が本部からの指示を伝達してきた。

「隊長、搬送先はN医療センター。本部がアプガースコア報告してほしいって」

新生児の心拍数や皮膚の色などを評価する「アプガースコア」を測定し、救急車はようやく現場を出発した。

深夜二時は都内といえど交通量も少なく、新生児と産婦を乗せた救急車は、スムーズに医療機関に向かっていた。

今日、初めて会った外国人の出産に立ち会うなんて……この仕事でなかったら、経験することもないだろう。保温のため、滅菌アルミホイルとタオルにくるまれた小さな新生児がシャルマンの腹部に乗っている。母体と新生児、託された二人の傷病者の観察を続けながら、舞子は改めて考えた。分娩介助だけではない。急病、交通事故、労働災害、運動競技の事故、火災、自殺に他殺に傷害事件、多数傷病者発生事故……救急隊として、これまで様々な現場に対応してきた。こうして五年間、何千件と現場活動を積み重ねても、初めての経験や教科書通りにいかない事例ばかりで、常に綱渡りのような状態だ。

自分が初めて救急隊員になったとき、隊長はとても偉大な存在だった。困ったとき、わからなくなったときは、必ず隊長が道を示してくれた。あのときの隊長と比べると、今の自分はあまりにも余裕がなさすぎるのではないだろうか……。

「アッ！……」

シャルマンが舞子を見て、目で何かを訴えた。鉄サビのような、血液の臭いがする。毛布をめくって観察をすると、胎盤の娩出が始まっていた。いわゆる「後産」というもので、臍帯と、胎児に栄養を与えるために母体の子宮に張り付いていた血管などの塊が剥がれ落ちてくる。胎盤が完全に出れば、分娩が完了する。

「丸沼さん、ちょっと停まって。戸狩、ここの住所、すぐ確認して」

舞子は救急車を停車させ、現在地の住所を確認させた。医師法では、医師が出産に立ち会っていない場合に出生証明書が出せないという規定があり、その場合、立ち会った救急隊員がその出産を証明することになる。

この傷病者は日本の戸籍に関係ないかもしれないけど……この赤ちゃんが、今日のこの時間この場所で誕生したという事実を見届けたのは私たち救急隊なんだ。舞子は、戸狩が確認してきた住所を救急活動記録票に記載する。


外国人の未受診妊婦の分娩介助。

結局、この活動では、どういういきさつで妊娠したのか、何週目での出産なのか、これから彼女たちはどうなるのか、わからないことだらけだった。

確実にわかることは、この託された二つの命を、無事に医師に引き継がなければいけないということだけだ。

「大丈夫。安心して」

舞子は自分が発する言葉を傷病者に言っているのか自分に言い聞かせているのか、わからなくなっていた。

分娩介助、多数傷病者発生事故、電撃症や雷撃症、放射線事故……。これらは、救急救命士のテキストには載っていても、実際に遭遇する割合が低い事案です。しかし、対応を誤ることはできません。緊張感の漂う事案ですが、傷病者に不安を与えないように接遇を意識しつつ、適切な対応を判断していきます。

救急車内での分娩は、産婦と新生児の二つの命を預からなければならず、とても緊張する活動です。しかし、新しい命の誕生は、急病や事故での救急活動とは異なり、神秘的で喜ばしい気持ちを感じる場面でもあります。

搬送先医療機関の選定困難について述べましたが、傷病者の受け入れについては、二〇〇九年、消防法が改正され、都道府県で傷病者受け入れの基準を作ることや、連絡調整を行う協議会の設置が義務づけられました

アクシデント

救急隊は、隊長、隊員、機関員の三名で編成され、そのうち一名以上が救急救命士でなければならない。通常、機関員は車両の運行のため運転席に座るので、搬送途上は救急車内の傷病者管理が出来ない。そのため、隊長または隊員が救急救命士、または、隊長と隊員の両方が救急救命士であるパターンが多い。前者の場合、救急救命士が隊長一名であると、隊長は隊員や機関員を指示しながら活動の指揮をとりつつ、救急救命士としての処置を実施するので、その負担は大きい。

舞子が救急隊長に就任して、十ヶ月が経過した。二人とも、もう少し救急のことを勉強してくれたら……。隊員の戸狩と機関員の丸沼は、救急救命士ではない。定年間際の丸沼には、もう救急救命士の資格を取得する時間は残っていない。若い戸狩も、もともとは救助隊を目指していたというくらいだから、それほど救急に関する情熱は感じられない。

舞子が救急隊になったばかりの頃、隊長の菅平と二名の救急救命士体制で隊を組んでいた。帰署途上の車内は、機関員の水上も交え、扱った傷病者の症例検討を実施していた。

さらに、若手の救急隊員の経験不足を補うため、勉強会を計画し、月一回のペースで症例検討を行っていた。若干三十歳で隊長職に就けたのも、良い上司と同僚に恵まれていたのだと思う。

つい先日の当番のこと。

傷病者は七十八歳の一人暮らし女性。家族が訪問し、自宅玄関で倒れているところを発見し一一九番通報した。普段の生活は自立していたが、二日前に玄関先で転倒し、足の付け根に激痛があり動けなくなったというものだった。

あのとき……高齢女性の転倒にありがちな「大腿骨頸部骨折」と判断した。大腿骨頸部骨折なら、緊急性は高くない。しかし、気になっていたことがあった。受傷部位の固定処置後、不用意に搬送しようとした戸狩と丸沼を、舞子は制止した。

低体温になっている可能性がある。二月の寒い夜を、二晩も玄関先で動けずに過ごしていたのだ。低体温の傷病者を急激に動かすと、刺激に敏感になっている心臓が不整脈を起こし、心停止に至る場合がある。心電図波形を確認し、低体温に特徴的な心電図波形が出ていないか観察しながら慎重に移動を開始するのが、救急救命士のセオリーだ。戸狩と丸沼は、おそらく、そこまで考えていないだろう。

レベルの高い救急隊を作りたいのに。

次の出場は、公園で男性が倒れているという指令内容であった。指令番地の公園に到着すると、通報者はもう立ち去ってしまったようで、公園のベンチで三十代の男性一名がうつ伏せで横たわっていた。

ベンチの足元には、ビールや缶チューハイの空き缶が多数、転がっている。風貌からして、もう数日はこの場所にいるような感じだ。

「住所不定者かしら……」

最近は、失業者が増えているせいか、二十代や三十代の路上生活者が増えてきている。

「わかりますか？」

肩をたたきながら呼びかけても反応はない。胸の中央を拳で押して刺激を与えると、手で払いのけようとした。

「意識レベル、ＪＣＳ一〇〇」

手首に触れると、脈の拍動は正常だ。胸と背中の動きから、呼吸もできている。戸狩から、血圧と血中酸素飽和度の報告を聞くと、それらも正常値であった。外見上、外傷もなさそうだ。

「低血糖かな……」

主だった所持品もなく、痩せた傷病者の風貌とアルコールの継続的な摂取を考えると、栄養不足で低血糖になっていることが予想された。

「よし、車内で血糖値を測定しよう」

昼間とはいえ、二月の屋外はかなり気温が低い。舞子は傷病者の車内収容と、収容後の血糖測定、低血糖だった場合のブドウ糖溶液の投与を活動方針とした。


車内での血糖測定の結果、予想通りかなりの低血糖であり、そのための意識障害だと判断できた。相変わらず、ぐったりとしている傷病者からは、アルコール臭だけでなく路上生活者特有の饐えた臭いが漂っている。感染防止用のマスクやゴーグルを装着していても、狭い救急車内では、目に染みるような臭いを感じていた。公園で倒れていた路上生活者にこんなに近づくなんて、救急隊の仕事をしていなかったら、一生経験しないだろう。

舞子は傷病者の右腕をアルコールで消毒し、点滴をとるために十八ゲージの針のキャップを開けた。普段は、それより一サイズ細い二十ゲージの針を使うのだが、傷病者が若いので血管が丈夫そうだったことと、ブドウ糖溶液を投与するのに太めの針のほうが良いと判断したからだ。

「ちょっと、チクッとしますよ……アッ!!」

傷病者の肘の内側あたりに針を刺したところ、傷病者が急に右手を振り回した。一度刺した針が抜けて、腕を抑えていた戸狩の手に当たって床に落ちた。

「アッ……」

戸狩の右手人差し指に、直径五ミリほどの小さな血液の赤い玉が見えた。

「刺さった⁉」

「……はい」

針刺し事故だ。救急隊員の体に使用済みの針が刺さってしまった場合、その傷口は小さくても傷病者の血液が直接体内に入ってしまう。傷病者が何らかの疾患にかかっていた場合の感染危険は高い。もし、ＨＩＶの傷病者だったら……。

しかも、救急隊長の自分が持っていた針を、隊員に刺してしまうなんて!!　針刺し事故に注意するのは、安全管理の基本中の基本だ。

舞子は一瞬、頭が真っ白になったが、すぐに次の指示を出した。

「すぐに水道水で洗って！」

戸狩は青い顔をして、救急車を降り、公園の水道で傷口を洗い流している。洗浄が終わったら、消毒をして……いや、まず、本部に報告だ。

「丸沼さん、無線貸して！」

通常の報告なら機関員の丸沼に任せるところだが、事故報告だ。隊長が報告すべき事案だ。

「……事故報告です」

舞子は本部に無線で報告を入れた。


「隊長？」

無線機を通じて、聞きなれた声で呼ばれた。この声は、水上だ。

「……隊長、いまから指導医の斑尾先生につなぐ。隊員の対応は、先生に助言を要請しろ。搬送先医療機関への連絡は、こっちで何とかするから、大丈夫だ。……頑張れ」

「……了解」

舞子は水上のアシストに感謝した。

「……もしもし、先生。助言をお願いします。隊員の針刺し事故です」

搬送先医療機関で傷病者を引き継いだ。続いて、医師に戸狩の診察をしてもらう。実際、点滴用の針が刺さっただけなので、傷自体は目に見えないくらい小さく、軽く消毒して処置は終わった。問題は、感染危険だ。傷病者に、血液から感染する病気……肝炎やＨＩＶなどが判明した場合、戸狩にも感染している可能性は高い。戸狩は生意気なところがあるが、まだ二十二歳になったばかりの若者だ。もし、これで彼の一生を台無しにしてしまったら……。舞子は頭を抱えた。

救急車を出場不能にして、病院の待合室で待機すること一時間。病院のスタッフが救急隊に検査結果を知らせに来た。

「陰性！」

傷病者に感染症はなかった。

「よっしゃー！」

戸狩の顔色が戻った。丸沼も笑顔になった。舞子は体中から力が抜けていった。

「無線、報告しなきゃ……」

消防署に戻ると、車庫に救急服を着た隊員が待っていた。出張所の救急隊員として勤務している志賀消防士長だった。隊長の交替要員として、急遽、補欠に呼ばれたとのことであった。

「赤倉隊長は救急隊を降りて、すぐに署長室まで行ってください」

志賀の伝言を聞き、舞子はすぐに二階の署長室に向かった。

「申し訳ありませんでした」

舞子はすぐに署長の元へ行き、頭を下げた。署長室には、署長のほかにも副署長、警防課長、大隊長が揃って待っており、今回のアクシデントについての説明を求めた。

「傷病者は三十歳代の男性で、既往歴は不明でした。路上で意識消失をしており、アルコールの缶が散乱していたので、低血糖を疑って血糖測定しました。結果、低血糖でブドウ糖溶液投与の適応だったので、点滴を取ろうとしたら、急に不穏状態になりました。傷病者が腕を振り払ったとたんに、私が傷病者の腕に刺そうとしていた針が抜けて、腕を抑えようとした隊員の指に刺さってしまいました」

署長ほか、幹部は黙って聞いていた。重苦しい空気の中、最後に署長が一言、

「事故処理は、速やかに終わらせてくださいよ」

とだけ言った。

大隊長の川場は、事故を咎めることは言わなかったが、冷たくまっすぐに言い放った。

「赤倉司令補。お前は今から、救急を降りてもらう」

「……はい」

「……今日だけじゃない。次の当番からも、別命あるまで、救急隊を降りてもらう」

安全管理は救急活動上の最優先事項ですが、想定外の事故が発生してしまう場合もあります。一つの重大事故が起こる裏には、二十九の軽微な事故と、三〇〇の「ヒヤリハット」が存在するといわれているのが「ハインリッヒの法則」です。

安全管理の基本は「自分の安全は自分で守る」ことです。安全管理に関しては隊長の指示を待っているわけにはいきません。

救急活動中に考えられる事故は、針刺しなどの感染事故だけでなく、交通事故、器物の破損、妨害行為など多岐にわたります。ヒューマンエラーは起こるものという認

識のもと、チーム（隊）や組織の力で事故防止に努めています。

署隊本部

　舞子は救急隊を降り、署隊本部員となった。消防署二階の警防課のスペースに設置された署隊本部には、いくつもの無線機とパソコン、プリンター、ホワイトボードが置かれ、棚には管内の地図や建物の情報などのファイルが置かれている。ここでは、出場中の部隊の管理や活動の支援を行ったり、必要に応じて、本部や関係機関、例えば警察や保健所などに連絡を取ったりする。現場には出場しないが、現場の支援を行うポジションである。

「……救急隊は搬送開始、ＰＡ連携活動終了、全隊引き揚げ」

「署隊本部、了解」

　無線機をおいて、舞子は記録用紙をファイルに綴じた。これまで現場から無線報告を入れる側だったのが、今は報告を受ける側になっている。

　搬送先は、Ｔ大病院か……隅田川を超えて都心へ搬送すれば、帰署途上にもう一件くらい指令が入るかもしれない。救急車に乗っていなくても、救急隊の動態が気になってしまう。

舞子の代わりに、出張所の救急隊員だった志賀消防士長が本所一部救急隊長を務めていた。志賀は、階級は舞子より一つ下の消防士長であるが、士長階級でも小隊長を代行できることになっていた。志賀は救急救命士であるが、ハイパーレスキュー隊で勤務した経験もある。もともと救助隊志望だった戸狩はすっかりなついており、よく、署の体力錬成室で一緒にベンチプレスをやっているようだった。機関員の丸沼も、隊長が変わっても本人は至っていつも通りで、署に待機しているときはいつも自席で地図を見ている。

プルルル……。署隊本部の電話が鳴った。

「はい、本所署隊本部です」

舞子が応答する。

「受付ですが、一般の方から問い合わせです。……救急隊の搬送先を知りたいと」

署隊本部には、災害に関する様々な問い合わせがかかってくる。救急隊が搬送した傷病者がどの病院に搬送されたなど、本人の個人情報に関することは電話では教えられない。そもそも、かけてきた相手が何者であるか、電話ではわからない。説明し電話を切ると、また電話が鳴った。

プルルル……。

「はい、本所署隊本部です」

「……住民の方から、猫が木から降りられなくなっているとの問い合わせです」

……猫が木から降りられなくなるのだろうか？と疑いつつも、飼育動物の保護は、ポンプ隊を一隊、現場に向かわせる。このような活動は「危険排除」に区分される。

プルルル……。また、署隊本部の電話が鳴る。

「……火災報知機のベルが鳴りっぱなしになっているそうです」

……やれやれ、今度はベル鳴動。これは「緊急確認」として、出張所のポンプ隊を向かわせよう。

現場に出ないとはいえ、署隊本部もなかなか忙しい。消防は、火災出場だけでなく、救助活動、救急活動のほかにも、危険物の漏洩などに対応する危険排除や、火災が疑われる状況を確認に行く緊急確認、ほかにも、緊急性はないものの部隊を出向させる事案など、様々なニーズに応えなければならず、救急一筋で勤務してきた舞子にとって、消防学校の教科書を開いて一から勉強の毎日であった。

「火災とは、人の意図に反して発生、または放火により発生して、消火の必要がある燃焼現象で……消火するために消火施設の利用を必要とするもの、または人の意図に反して発生した爆発現象……」

「何を、ブツブツ言っているんだ」

署隊本部席で、「火災の定義」を復唱していた舞子に声をかけてきたのは大隊長の川場だった。

「ちょっと、休憩だ。食堂へ来い」


「……どうだ、署隊本部は」

夜十時。誰もいない食堂で、川場が切り出した。テーブルの上には、救急隊三人分の食べかけの夕食が、ラップをかけられて隅のほうに置いてある。今日も忙しく、夕飯の途中で出場がかかったのだろう。

「……はい。今まで、交替制勤務ではずっと救急隊だったので、わからないことばかりで……。さっきも、地域住民から問い合わせで、ご自宅の照明器具から一瞬火花が出て収まったそうですが、心配なのでどうしたらいいかと聞かれて……」

「それで、火災の定義を確認していたのか」

「はい……」

「まあ、いい経験だろう。……俺が何でお前を救急隊から降ろしたか、わかるか？」

「……事故を起こしたからです」

「確かに、それも理由のひとつだ」

「……隊長として、部隊の統制が取れていなかったからです」

「そうだな、俺には、お前が部下を信用しているように見えなかった。……隊員の戸狩は、確かに今どきの若い奴にありがちな、自己中心的な面がある。初めから出来上がっている隊員と活動すれば楽かもしれない。でも、既に完成された部下を指導するのは、逆に大変なんだ。むしろ、戸狩のような若い隊員が、お前の姿を見て、救急救命士になりたい、救急隊長になりたいと思わせるようにして欲しかった」

　確かに、戸狩は生意気だし、細かく指示しなければ思うように動いてはくれないが、その言動に嘘や偽りはなく、素直な一面もあった。

「……それに、丸沼さんは、救急機関員一筋四十年だ。階級は、お前より二つも下で昇任意欲はないかもしれないが、無事故無違反で何万件もの救急出場をこなしてきたのは、すごいと思わないか？」

舞子は川場の言葉を聴きながら、素直に納得した。これまで、自分の思うとおりにならないことで苛立っていた。そんな姿勢が、あの事故につながったのに違いない。……部下に信用されていないのではなくて、自分が部下を信じていなかったのだ。それを見抜いてくれた大隊長にも感謝した。

「消防に入って何年目だ？」

「消防に入ってからは、九年目です」

「うむ。そのうち、救急隊が五、六年くらいだったよな。……あまり、救急バカになるな」

「え？」

「消防署は、様々な部隊が運用されて現場に出ている。それだけじゃない。予防課では、建物を作る段階から人々の安全を守ることを考えているし、総務課では、署員が気持ちよく働けるように経理や人事などの仕事もしている。そして、消防署は地域ごとに方面本部が統括し、さらに、本庁がすべてをまとめている」

川場は舞子に鷹のような目を向けた。

「……お前にはいずれ、庁の幹部になってもらいたいと思っている。消防の世界は、全国的に見ても女性が数パーセントしかいない。その中で、救急救命士の資格を持ち、現場を経験した者は、何人いるだろうか」

　舞子は、川場が自分の将来のことまで考えてくれていたことに感謝しながら続きを聞いた。

「予防行政が功を奏し、火災件数は年々減ってきている。いま、消防の災害出場で大きな割合を占めているのは、救急活動だ。さらに、現場の傷病者は男女半々だ。……お前のような、女性の救急救命士で、救急隊長まで経験した者は、将来は幹部になって、市民のための消防行政を担っていくべきだ」

　川場は、二十年前に同僚だった女性の救急救命士のことを思い出していた。まだ、女性の救急隊員が数えるほどしかいなかった時代だ。初めて女性が交替制勤務に入ってきたことで、みんな、腫れ物に触るように気を遣った。鹿島瑞穂というその女性救急救命士は、結局、救急医療にのめり込み、退職した。その後は研究者として日本の救急医療を変えていこうと頑張っているという噂だ。しかし……もっと、消防全体の姿を勉強させ、組織を担う幹部に育てるべきではなかったか？……当時、ポンプ隊の小隊長として勤務していた川場は、救急のことを話すときに表情がパッと明るく輝きだす瑞穂と舞子に通じるものを見つけていた。

「……そのために、署隊本部を経験させた。それに……お前がうちの署に昇任してきたとき、同期の菅平から、『赤倉隊長を頼む』と言われた」

「えっ。大隊長、菅平隊長と同期なんですか！」

菅平は、舞子が初めて救急隊員に任命されたときの救急隊長で、今は確か、消防司令に昇任して、多摩地区のどこかの消防署で大隊長を務めていると聞いていた。


「赤倉司令補、受付に来客です」

突然、署内放送がかかった。こんな時間に、誰だろう。舞子は大隊長に礼を述べ、受付に降りると、赤ん坊を抱えた外国人女性が、深いグレーの大きな瞳でこちらを見た。

「ええっ。あのときの⁉」

消防署に現れたのは、分娩を介助した傷病者、シャルマンだった。

「アノ……ゲンキニ、ナリマシタ。アカチャン……トテモ、カワイイ、デス。アリガトウ、ゴザイマス」

「え、わざわざ、お礼に来てくれたの？」

「ハイ、アリガトウ」

シャルマンの腕に抱かれた赤ん坊が、母親と同じブルーグレーの瞳で、じっとこっちを見ている。この子、私たちがとりあげたんだ！　舞子は感慨深くなった。

やっぱり、救急隊に、戻りたい。

シャルマンと別れ、二階の事務室に戻ったところで、車庫のシャッターが上がる音がした。

「オーライ、オーライ……」

救急車を誘導する戸狩の声が聞こえる。舞子は救急隊の机の上に缶コーヒーを三本置いて、寝室に駆け込んだ。


消防官は市民の生命・身体・財産を守ることを目的とした公安職であり、その業務には危険を伴うものや特殊な技術が必要なものがあります。そのため、消防官に採用されると消防の基礎教育を受けるために、消防学校に入校します。消防学校は原則的に都道府県ごとに設置されており、新人消防官は初任学生として全寮制で約半年間、法令や消防活動、救急活動、火災予防業務などを学びます。火災の定義や、全焼などの焼損程度などは、消防官として知っておかなければならない基本的な知識です。

検証会議

錦糸町駅前にある、鉄道会社の系列のホテルの二階にある宴会場「富士の間」には、「本所消防署・勇退者を送る会」の看板が掛けられていた。年度末になると、各消防署で定年退職者の送別会が行われる。本所消防署では、救急機関員の丸沼を含む五名が定年退職を迎えた。

「赤倉隊長」

乾杯後の歓談に入ったタイミングで、戸狩が舞子にビールを注ぎに来た。今は「隊長」ではないのに、戸狩に「隊長」と呼ばれたことは嬉しかった。

「俺、機関員研修に挑戦することにしました。救急救命士養成課程に行くのに、現場経験を早く積まなきゃいけないから」

「エッ？……救急救命士、目指すの？」

責任を負うのが嫌だ、ラクをして生きていきたいと豪語していた戸狩が、新たな資格取得に挑戦するなんて。舞子は耳を疑った。

「だって、丸沼さんは卒業だし、赤倉隊長は救急降ろされてるし、俺が頑張るしかないじゃないっすか」

相変わらず、ふてぶてしい物言いは変わらないが……。きっかけはどうあれ、若い隊員の成長を見るのは、隊長冥利に尽きる。

「この前の分娩介助のとき……。マジで『女性ってすごいな』って思ったんですよ。出産って、命がけなんだなって」

確かに、戸狩くらいの若者が他人の出産に立ち会うなんて、まして、そのお手伝いをするなんて、そうそうあるものではないだろう。

「……それに、隊長もカッコよかったなって。……俺も、カッコいい救急隊長になるためには、機関員も救急救命士免許も、三十歳までに取りたいですから」

戸狩の言葉を聞いて、舞子は思わず吹き出した。

「俺、何かおかしいこと言いました？」

慌てて確認する戸狩に舞子が答えた。

「今ね、不覚にも『戸狩の十年後の姿を見てみたいな』って、思っちゃったの」

「え？　それが、そんなにウケますか？」

「……ううん。昔ね、隊長に同じこと言われていたなあって」

「だから、そこ、ウケるところなんですか？」

戸狩は不思議そうな顔で見ている。

舞子は全てに納得がいったような気がした。

舞子が新人の頃、隊長の菅平は、部下の舞子や水上の十年後を見てみたいと言っていた。もし、今の気持ちが当時の菅平と同じものであるとしたら、自分もきっと生意気な隊員だと思われていたに違いない。そして、そんな部下たちをいとおしく思う気持ちも、今の舞子になら、よく分かる。

「戸狩も、隊長になったらわかるよ」

「え、だから、三十歳までにカッコいい救急隊長になりますって」

「あたりまえでしょ。私が育てた隊員なんだから」


宴もたけなわ、中央のステージでは、若手職員によるダンスパフォーマンスが行われている。大隊長の川場が、第七方面の検証会議を終えて、ようやく到着した。署長に何か耳打ちをした後、舞子のもとへやってきた。

「川場大隊長」

「さっき、検証会議が終わった。今回の審議は、ウチの『針刺し事故』事案だ。……来月から、お前を救急隊長に戻すように、本部長から指示があった」

「エッ……」

「検証会議の内容は、あとで供覧する。……新年度から、頼むぞ」

「では、これにてお開きとさせていただきます。ご勇退者の皆様、長きにわたり、お疲れさまでしたー」

司会のアナウンスに従い、大きな花束を抱えた定年退職者五名が、署員の花道をくぐり、出口に向かう。

「赤倉隊長」

救急機関員一筋四十年の丸沼が、舞子の前で立ち止まる。

「丸沼さん……。ご勇退、おめでとうございます。……お世話になりました」

「やっぱり、隊長は現場が似合うよ。でも、もうちょっと肩の力を抜いて。人生、六勝四敗くらいで十分だよ」

定年退職を迎えた丸沼は、年下の上司に対して初めて「先輩」として声をかけた。

「長い人生、失敗もあれば成功もある。最後に振り返ったときに少しだけ『良かった』と思えることが多ければ、それでいいんじゃないの？」

「丸沼さん……」

「隊長は、何でも全力投球だからな。人の命を助けるのも大切だけど、自分の心と体も大切にしなさいよ」

「ありがとうございました」

現場に戻れる……。

『ああ、日本のどこかに、私を待ってる人がいる……』

定年退職者の送り出しのために、「いい日旅立ち」のＢＧＭが会場に大きく響いた。


夜景の中に、赤色灯の点滅が見える。今もどこかで、救急隊が活動しているのだろう。

鹿島瑞穂は、検証会議を終えたばかりの斑尾医師と、東京スカイツリー上階のバーにいた。

「あなたが助けてくれたんでしょう。赤倉舞子のこと」

「検証会議で、早く隊長さんを現場に戻してくれって言っただけさ。そもそも、現場でのアクシデントに対し、彼女はオンラインメディカルコントロールを受けて、適切に対処した。別に、処罰する必要もないだろう。それに、日本の病院前救急医療を前進させるためには、医師ではなく救急救命士が後進を育てていくことが必要だ。彼女が君のように、現場を離れてしまっては、困るからな」

「私は……日本のプレホスピタルに納得がいかなかったから、もっと勉強したいと思っただけ。……私の意志は、現場の隊員たちが継いでくれる」

「まさか、君の教え子が救急隊長になっているなんて、知らなかったよ……それより、おめでとう。君の論文が、救急医療の学術雑誌『レサシテーション』に掲載されるとは、日本の救急救命士も一歩進んだな」

「ありがとう。あなたのおかげよ。ウツタインデータの分析のアドバイス、助かった」

「女性救急救命士は希少だから、あまり君と仲良くしていると、変なゴシップネタにされるけどな」

二十年前、瑞穂は大学病院の救命救急センターで研修を受けていたことがあった。医療の勉強に夢中になり、当時、医局員兼大学院生であった斑尾に医学研究の指導を受けていた。数少ない女性の救急救命士というだけで注目されていた瑞穂は、頻回に斑尾と当直を重ねていたことで誤解を受け、周囲からバッシングを受けた。しかし、女性の救急救命士が増え、舞子のような救急隊長が実力で活躍するようになれば、そのうち女性だからという偏見も注目もなくなっていくだろう。

「実は来年から、ウチの大学院に超イケメンの救急救命士が入ることになったのよ。二十八歳、一緒に救急医療政策について提言していくことにしたの。面接をしたけど、本当に好青年だったんだから。久しぶりにやる気が出てきたわ」

「君は、自分が女性救急救命士として注目されるのが嫌だといっているのに、そんなふうに人をルックスで判断するのは良くないな。まあ、研究指導にのめり込みすぎて、セクハラとか疑われないように、気をつけなさい」

「大丈夫、冗談に決まっているでしょう。……でも、まだまだね。論文一本で浮かれてはいられないわ。これから、私たち救急救命士の力で、研究と教育を現場と繋いでいかなければ、シアトルのような『院外心停止からの救命率六〇パーセント』の世界は作れない」

救急活動の医療の質を担保するため医師の指示を受けることをメディカルコントロール（MC）といいます。現場で臨機応変な指示を受けるオンラインMCと、プロトコールの作成や救急活動の検証（事後検証）、救急救命士教育などリアルタイムの現場外で行われるオフラインMCがあり、地域や都道府県ごとにMC協議会が設置されています。

今後、我が国の救急救命士が病院前救急医療のスペシャリスト、自律的専門職として発展していくためには、臨床現場を分析し考察する力を身に着ける必要があります。国では、心停止傷病者の救急活動データを収集しています。一九九〇年にノルウェーのウツタイン修道院で開催された国際会議で提唱された様式であるため「ウツタイン様式」と言われています。

礼服！

エピローグ

数年後。

三月のシアトルは曇り空が多いというのに、今日は朝から気持ちのいい日差しが差し込んでいる。ハーバービューメディカルセンターにある半円形の階段教室は、コーヒーの香りと聴衆の熱気で溢れている。毎月、第一火曜日の午前は、地域のパラメディックがこの地域ナンバーワンの外傷センターに集まり、症例報告や最新の知見についてディスカッションを行う、「火曜シリーズ」が行われる。

今月はパラメディック教育の創設者である医師の誕生月でもあり、ホールにはコーヒーサーバーだけでなく色とりどりのケーキが並んでいる。

赤倉舞子はケーキとコーヒーを受け取り、教室の一番前の席に座った。勤務中に聴講に来ているパラメディックが持っている無線交信の断続音が、後ろの席から聞こえてくる。

進行役のメディカルディレクターが、オーディエンスに本日のカリキュラムを説明し、舞子に向かって小さくウインクをした。

「Next presenter is……AKAKURA MAIKO, from Japan!」

一瞬の沈黙の後、歓声と、大きな拍手が起こった。

病院前救急医療の世界最高峰のカンファレンス「火曜シリーズ」に日本の現役消防官の救急救命士が登壇するのは初めてのことだ。

舞子は壇上でお辞儀をし、教室を見渡した。ユニフォームを着たパラメディック、私服でリラックスした非番のパラメディック、白衣を着たパラメディック学生、消防署のチーフ、白人、黒人、東洋人。みんな、目を輝かせてこちらを見ている。

日本の病院前救急医療の歴史、そして、これから、どう動かしていきたいのか。百戦錬磨のパラメディックたちの前で、舞子は夢を語ろうとしている。日本の、心停止傷病者の社会復帰率を世界一にすることを、宣言するつもりだ。

「レディース・アンド・ジェントルメン……アイ・アム・ア、ジャパニーズ・パラメディック！」

あとがき

二〇二〇年の新型コロナウイルスの世界的大流行は、社会に大きな影響を及ぼしました。医療、経済、教育、さまざまな業界が大きな打撃を受けている中で、私は救急隊員のことが心配でなりませんでした。医師や看護師が頑張ってくれている姿は報道を通じて市民にも伝わってきますが、救急隊員の現状については、あまり報道されていません。個人的な付き合いを通じて、彼らの頑張りを知りました。感染の確定診断前に傷病者に接する救急隊員の苦悩、猛暑の中での感染防止フル装備、搬送先医療機関が決まらずに立ち往生する救急車。何とか彼らを応援する方法はないだろうかと考えました。そして、私にできる救急隊へのエールとして「市民を守る救急隊の奮闘を世の中に伝えよう」という思いが強くなり、この「東京スターオブライフ」を執筆しました。

本書の小説部分はフィクションです。登場人物は架空の人物ですが、赤倉も水上も鹿島も菅平も、どこか自分の分身のようなところがあります。私の趣味であるスノーボードにちなみ、登場人物の名前を全てスキー場の名称にして、愛着を持ってみました。彼らの日常を垣間見て、現場の最前線で日々格闘している救急隊員の皆様に共感してもらえたら嬉しいですし、これから救急救命士を目指す方々には、リアルな現場をお伝えしたいです。また、市民にプレホスピタルケアの実情を伝えるための参考書としても活用していただければ幸いです。

本書の制作にあたり、ご支援をいただいた全ての方と、これまでの私の人生に係わってくださった皆様に、心から感謝申し上げます。小説部分のエピソードの中には、実際に私が上司や先輩にいただいて感銘を受けた言葉なども含ませていただきました。

私はこれからも、救急救命士の教育や救急医療の研究に励み、日本をより安全・安心な国にしていきたいと野望を抱いています。しかし、それ以前に、一市民として救急隊員を応援していきたいと思います。救急隊は、市民のヒーロー。頑張れ、救急隊。

二〇二一年三月　米国シアトルに滞在中、自主検疫期間に執筆

中澤　真弓

参考文献

「改訂第10版　救急救命士標準テキスト」
救急救命士標準テキスト編集委員会　へるす出版
「令和2年版　救急・救助の現況」総務省消防庁
https://www.fdma.go.jp/publication/rescue/post-2.html

著者紹介

中澤真弓（なかざわ　まゆみ）

日本体育大学　保健医療学部　救急医療学科准教授。救急救命士・防災士。千葉県千葉市生まれ。千葉市立稲毛高等学校、青山学院女子短期大学を卒業後、1994年から2015年まで東京消防庁勤務。その後、大学教員として救急救命士の養成に携わるとともに、病院前救急医療の社会課題解決を目指し、研究活動に取り組んでいる。
健康科学修士（帝京平成大学大学院健康科学研究科修士課程修了）
防災政策修士（政策研究大学院大学公共政策プログラム防災危機管理コース修了）

東京《とうきょう》スターオブライフ

2021年10月27日　第1刷発行

著　者　　中澤真弓
発行人　　久保田貴幸

発行元　　株式会社 幻冬舎メディアコンサルティング
〒151-0051　東京都渋谷区千駄ヶ谷4-9-7
電話　03-5411-6440（編集）

発売元　　株式会社 幻冬舎
〒151-0051　東京都渋谷区千駄ヶ谷4-9-7
電話　03-5411-6222（営業）

印刷・製本　中央精版印刷株式会社
装　丁　　児嶋恭子

検印廃止

Printed in Japan
ISBN 978-4-344-93541-9 C0093
幻冬舎メディアコンサルティングHP
http://www.gentosha-mc.com/